宋词三百首 注释

（清）朱祖谋 编著
季南 注释

北京联合出版公司
Beijing United Publishing Co.,Ltd.

图书在版编目（CIP）数据

宋词三百首注释 /（清）朱祖谋编著；季南注释.
—北京：北京联合出版公司，2015.7（2023.8重印）
ISBN 978-7-5502-3956-2

Ⅰ.①宋… Ⅱ.①朱… ②季… Ⅲ.①宋词－选集
②宋词－注释 Ⅳ.①I222.844

中国版本图书馆CIP数据核字（2015）第143132号

宋词三百首注释

作　　者：(清) 朱祖谋
注　　释：季　南
出 品 人：赵红仕
选题策划：梁明德　邵鹏军
责任编辑：王　巍
特约编辑：刘文硕
封面设计：格林文化
版式设计：格林文化

北京联合出版公司出版
(北京市西城区德外大街83号楼9层　100088)
三河市华润印刷有限公司　新华书店经销
字数120千字　960毫米×640毫米　1/16　印张22.25
2015年9月第1版　2023年8月第3次印刷
ISBN 978-7-5502-3956-2
定价：52.00元

目录

唐宋词遗珍

前　言

十年生死两茫茫，不思量，自难忘。
千里孤坟，无处话凄凉。
纵使相逢应不识，尘满面，鬓如霜。
夜来幽梦忽还乡，小轩窗，正梳妆。
相顾无言，惟有泪千行。
料得年年肠断处，明月夜，短松冈。

——苏轼《江城子》

词，又称诗余、曲子词、长短句等。一千余年来，它以轻灵的姿态、悠扬的声韵、婉转的体格和深美的意蕴博得了无数读者的喜爱，成为中华民族传统文化中的精品，同时也是世界文化宝库中独一无二的文学瑰宝。

词大致始滥觞于梁，成熟于唐而极盛于宋，故称宋词，与唐诗并为唐宋两朝的文学象征。最早，梁武帝萧衍曾制《江南弄》：

美人绵眇在云堂，雕金镂竹眠玉床，婉爱寥亮绕红梁。
绕红梁，流月台。

驻狂风，郁徘徊。

这还不是词，只是乐府歌曲，但句式参差，已见词的端倪，同时代的沈约曾和此曲。沈约也擅长作那种介于诗、词、赋之间的“长短句”。陶弘景的《寒夜怨》则已经非常接近于词了：

夜云生，夜鸿惊，凄切嘹唳伤夜情。
空山霜满高烟平，铅华沉照帐孤明。
寒月微，寒风紧。
愁心绝，愁泪尽。
情人不胜怨，思来谁能忍？

隋唐之际，燕乐兴起，为了在宴席上歌唱取乐，人们开始依声填词，从而极大地促进词体文学的发展。现存较早的李白的多首词作，艺术水平已相当高，只是真伪难辨。在中唐，已有几位诗人能够在吟诗之余，作几首清美的小曲儿唱唱。如白居易的《长相思》：

汴水流，泗水流，流到瓜洲古渡头，吴山点点愁。
思悠悠，恨悠悠，恨到归时方始休，月明人倚楼。

由唐、五代至北宋前期的数百年时间里，词都被看成是小技，是附庸风雅的文字游戏。文人只是偶尔戏作几首，并不把它当作一种严肃的文学体裁。除了民间词和早先的调笑令以外，唐五代词大都诉说男欢女爱，与诗歌的言情述志比起来，过于轻艳缠绵。诗庄词艳，这是二者明显的界线。诗尚一气直下，词尚回环曲折。如温庭筠在诗中写的是“千峰随雨暗，一径入云斜”，而在词中只能是“愁杀平原年少，回首挥泪千行”。

北宋初期，虽有一些像中唐时那样清秀的小词，但数量太少且一直无大家出现；而到了晏殊和欧阳修大量作词时，又继承的是晚唐五代的委婉格调，其成就在于洗脱了那些轻艳柔媚之语，而增加了意蕴。如晏几道的《点绛唇》：

花信来时，恨无人似花依旧。
又成春瘦，折断门前柳。
天与多情，不与长相守。
分飞后，泪痕和酒，占了双罗袖。

与晏欧同时，还有善于作慢词的柳永。他推进了词体的发展，但未能提高词的文学地位。直到北宋中期，苏轼开始以诗为词，词才开始脱离“艳科”之藩篱，变得与诗一样，无所不能言。在他手中，词不再主要靠声色取悦于人，而且还有丰富的内容，显得生机盎然，气势磅礴，逸气纵横，令人耳目一新。如《江城子·密州出猎》：

老夫聊发少年狂，左牵黄，右擎苍。
锦帽貂裘，千骑卷平冈。
为报倾城随太守，亲射虎，看孙郎。
酒酣胸胆尚开张，鬓微霜，又何妨。
持节云中，何日遣冯唐？

会挽雕弓如满月，西北望，射天狼。

然而，苏轼的这种做法非但没有被当时的文学界认同，反而引起诸多的反对之声说“要非本色”，“长短句中诗也”。连苏门最杰出的词人秦观都没有走他的路子，而是将欧晏词风提到一个新的高度，妍姿幽态，人谓独得“词心”。除了黄庭坚和晁补之等人学苏轼作一些词以外，其他词人，尤其是周邦彦领导的一批专业词人，都恪守传统，仍然在写情的狭隘田地上耕耘。宋词到此只注重技巧，没有什么创新，眼见就要衰落下去了，一场巨大的变故给它的再兴创造了契机。

1126 年，金兵南侵，攻破汴京，俘虏了徽宗和钦宗二帝，北宋灭亡。而后，赵构在南方即位为新君，开启了苟且偷安的南宋王朝。这一场国难打破了文人们醉生梦死的生活，令许多词人落入悲惨的境地,再也不能做他们花前月下的美梦了。于是，一贯婉约的词风到此发生了根本的转变，整个词坛焕发出一股阳刚之气，苏轼豪放的词风成了主流。且看岳飞的《满江红》：

怒发冲冠，凭阑处、潇潇雨歇。
抬望眼，仰天长啸，壮怀激烈。
三十功名尘与土，八千里路云和月。
莫等闲、白了少年头，空悲切。
靖康耻，犹未雪。臣子恨，何时灭！
驾长车，踏破贺兰山缺。
壮志饥餐胡虏肉，笑谈渴饮匈奴血。
待从头、收拾旧山河，朝天阙。

后数十年，伟大的爱国词人辛弃疾以其非凡的才力使词呈现出精神焕发的风貌，前人评价他："驰骋百家，搜罗万象"，"横绝六合，扫空万古"。其身后一大批追随者与他一起，将豪放词推向了顶峰。但辛词的缺点也不必讳言，他不但以诗为词，还以文为词，经常在词作中议论纵横，令作品的韵味减少，有时用典过多使词流于艰涩难懂。

随着偏安局面的稳定，以姜夔为首的婉约词风开始回流。越来越多的词人逐渐对那种一味粗豪、不重技巧的词风反感起来。周邦彦成了人们效仿的对象，格律的完善成了晚宋词坛的主导。这时词人写词都追求雅正，一定不能跟平时说话一样。如沈义父云："说桃不可直说破桃，须用'红雨''刘郎'等字。咏柳不可直说破柳，须用'章台''灞岸'等字。"典型如吴文英的《青玉案》：

短亭芳草长亭柳，记桃叶，烟江口。
今日江村重载酒。
残杯不到乱红青冢，满地闲春绣。
翠阴曾摘梅枝嗅，还忆秋千玉葱手。
红索倦将春去后。
蔷薇花落，故园胡蝶，粉薄残香瘦。

可以看出，这首词格律虽佳，但全由一堆虚浮的艳语拼凑而成。只重技巧，没有真情实感，这是很多晚宋词人的通病。

而随着南宋的灭亡，词道也就一起没落了。

《宋词三百首》是清代人朱祖谋编的一个宋词选本，收入两宋词作近三百首。之所以近百年影响不衰，全得益于选编者深厚的词学功底。

朱祖谋（1857—1931），号“上彊村民”，光绪九年（1883）进士，一度为御用文人，后归隐。他在词学上有着极深的造诣，所编《彊村丛书》严校唐、五代、宋、金、元词集，为词学资料善本。《宋词三百首》为其晚年融会一生心血精心订制而成，自 1924 年初版问世以来，广受好评。

《宋词三百首》选词的范围非常广泛，宋代每一个时期都有一定数量的词作入选。哪怕是一个微不足道的词人，只要他有好的作品传世，也都给予选录。上至皇帝（被置于卷首），下至僧人、妇女（被置于卷尾），都无遗漏。词牌的分配上也比较均匀，选词最多的《蝶恋花》不过十一首，而一些较特殊的词牌如《三台》，即使没有佳作也要选一首以备调。

《宋词三百首》的选词侧重于词的结构和意蕴方面，简单的作品则较少选入。比如所选第一首为北宋皇帝赵佶的《宴山亭》，可其在艺术上比不上另一首《眼儿媚》。前者是慢词，上百字的长调；后者是小令，几十字的短章。前者意蕴丰富，因而虽然差些还是被选入了，而艺术性较好的小令因其简单反而未被选入。这也是全书的通例，长调入选的比例比小令要高得多。《如梦令》仅三十三字，就一首也没有入选。

再者，编者非常偏好格律派的词，吴文英的作品选得最多，达二十五首，其次是周邦彦，共二十二首，比苏、辛这样一等大家的两倍还要多。辛弃疾存词六百余首，居两宋之首，却只有十二首作品被选入，连他多样的风格都概括不全。而姜夔所存词只及辛之十一，却有十七首作品入选。

最后，《宋词三百首》只选宋词，而宋代以前也曾出现过不少优秀的词作，尤其是南唐后主李煜的作品更是极具魅力。这些作品不但具有极高的审美价值，还有很高的历史价值，《宋词三百首》未能对其概括，实在是太可惜了！

为了弥补这诸多的缺憾，本书再从《全唐五代词》和《全宋词》中精心选取一百余首优美的词篇，编成《唐宋词遗珍》，作为附录。每一首只就其艺术性稍作点评，不再详注。

《唐宋词遗珍》选词标准不再是词的意蕴，而是看重它的风味，所以比较偏重圆美的小令和那些具有民间气息的作品。如无名氏的《鹧鸪天》：

镇日无心扫黛眉，临行愁见理征衣。
樽前只恐伤郎意，阁泪汪汪不敢垂。
停宝马，捧瑶卮，相斟相劝忍分离。
不如饮待奴先醉，图得不知郎去时。

此外，笔者认为诗词需有必要的韵律感，所以《唐宋词遗珍》中所选词都是用普通话读来能够押韵的，默诵或朗诵起来能产生很强的韵律美。

本书底本，采用上海古籍出版社唐圭璋先生的《宋词三百首笺注》，以上海辞书出版社的《宋词鉴赏辞典》、中华书局《全宋词》、中华书局《宋词三百首》等参校。作为普及性读物，本书注释着意于注音、典故等，对词作尽量不作评断。特别需要说明的是，一位令人尊敬的编辑曾告诉我说，排版本无定式，为作者考虑，打破常规亦无不可；笔者深以为然。出于此，本书正文部分，遵循传统方式，各片相连，只在中间增加间距；而在前言及附录部分，不再分片，大致以句号分行，力图体现"长短句"的形式美。优劣美丑，读者自断。

由于笔者才疏学浅，书中难免有失当及错误之处，还望读者不吝赐教。

季　南

2012 年 10 月

宋词三百首

赵佶（1082—1135），即宋徽宗，宋神宗第十一子，哲宗之弟。元符三年（1100）即位。宣和七年（1125）金兵南侵，赵佶传位其子赵桓（钦宗），靖康二年（1127）被金人俘虏北去，逝于五国城（今黑龙江依兰）。赵佶在政治上昏庸无能，生活上穷奢极欲，艺术上多才多艺，与南唐后主李煜极似。赵佶工于书画，诗、文、词亦极佳，对北宋后期词的繁荣起了很大的推动作用。

宴山亭①

北行见杏花②

裁剪冰绡③，轻叠数重，淡着燕脂匀注④。新样靓妆⑤，艳溢香融，羞杀蕊珠宫女⑥。易得凋零，更多少、无情风雨。愁苦，问院落凄凉，几番春暮？　　凭寄离恨重重，这双燕何曾⑦，会人言语？天遥地远，万水千山，知他故宫何处？怎不思量？除梦里、有时曾去。无据⑧，和梦也新来不做⑨。

注释

①宴山亭：一作“燕山亭”，词牌名。其自身含义已失，只用来限定词的韵律。双调，99字，仄韵。本词韵脚为“注zhù”“女nǚ”“雨yǔ”“苦kǔ”“暮mù”“语yǔ”“处chù”“去qù”“据jù”“做zuò”。可是按现代拼音并不都押韵。因为u与ü在古代是没有分别的，“做”字古音可能念“zù”。诗词中这种韵脚变

声的情况很多，为了不损美感，常常可以将它读成别的字音，但这首词很难办到。

②北行见杏花为词题，表明作词本意。《词苑丛谈》卷六：“徽宗北辕后，赋《燕山亭·杏花》一阕，哀情哽咽，仿佛南唐李主，令人不忍多听。”这首词为赵佶被金兵虏往北去途中所作。名为咏花，实则托物言情。上片借杏花的艳丽芳香和遭受风雨摧残，喻自己由皇帝到囚徒的悲惨命运。下片转写远离故国之恨，借燕无语，梦难到，表达深厚的怀念之情。

③冰绡xiāo：薄而洁白的丝绸，用来形容杏花的花瓣之鲜丽。

④燕脂：即胭脂。着：点染。匀注：均匀地涂抹。

⑤靓jìng妆：美丽的妆束，粉黛装饰。

⑥蕊珠宫：道教传说中的天上仙宫。

赵佶信奉道教，自号教主道君皇帝。

⑦双燕：一双燕子。燕子是词人惯用的意象，如“无可奈何花落去，似曾相识燕归来”。这首词中，词人突发奇想，想凭借双燕来传寄离别之恨给南国，无奈燕子不能理解人的言语。

⑧无据：无所依凭。

⑨和：连。

钱惟演（977—1034），字希圣，临安（今浙江杭州）人。官保大军节度使，后加同中书门下平章事。仁宗时，因事落职。他与杨亿、刘筠三人常相唱和，后将他们相唱和的诗辑成《西昆酬唱集》，这也是西昆体的由来。

木兰花[①]

城上风光莺语乱，城下烟波春拍岸[②]。绿杨芳草几时休[③]？泪眼愁肠先已断。　　情怀渐觉成衰晚，鸾镜朱颜惊暗换[④]。昔年多病厌芳尊[⑤]，今日芳尊惟恐浅。

注释

①木兰花：词牌名，双调，56字，仄韵，近于《玉楼春》，二调宋以后多混淆。字句同七言律诗，但韵律相去甚远，感觉完全不一样。

这首词是词人晚年被贬于汉东时所作。词用美景反衬哀情，可谓凄绝。

②烟波春拍岸：这里按格律要求颠倒了词句，意为春日烟波拍岸。

③绿杨芳草几时休：句式仿李煜之“春花秋月何时了”。

④鸾镜朱颜惊暗换：这又是词句的颠倒，其意为：惊讶镜中的美丽容颜暗自更换了。鸾镜是对镜子的美称，出“孤鸾照镜”事。

⑤尊：同“樽”。酒杯。

范仲淹（989—1052），字希文，先祖为邠州（今陕西彬县）人，后徙至吴县（今江苏苏州）。少时家贫，力学苦读。大中祥符八年（1015）考取进士，出仕后以敢言知名。庆历三年（1043）任参知政事，建议十事，行新政，遭到保守派反对，贬官地方，历任饶州、润州、越州等地，后在西北戍边多年，颇有政绩。病逝于赴颍州途中，谥文正。他兼擅文章诗词，今存词仅五首。

苏幕遮①

碧云天，黄叶地。秋色连波，波上寒烟翠。山映斜阳天接水，芳草无情，更在斜阳外。　黯乡魂，追旅思。夜夜除非、好梦留人睡。明月楼高休独倚，酒入愁肠，化作相思泪。

注释

①苏幕遮：一作“苏莫遮”，唐教坊曲名。《敦煌曲子词》中有《苏莫遮》，双调，62字，宋人即沿用此体。

这是一首怀旧的词。上片写景，“碧云天，黄叶地”，触目悲凉；下片写情，直接表达出背井离乡之苦，催人泪下。末句“酒入愁肠，化作相思泪”让我们明白范仲淹不仅仅是贤臣，是武将，也有着凡人的七情六欲离愁别苦。

御街行[①]

纷纷坠叶飘香砌[②]。夜寂静，寒声碎[③]。真珠帘卷玉楼空[④]，天淡银河垂地。年年今夜，月华如练[⑤]，长是人千里。　　愁肠已断无由醉，酒未到，先成泪。残灯明灭枕头欹[⑥]，谙尽孤眠滋味[⑦]。都来此事[⑧]，眉间心上，无计相回避。

注释

①御街行：又作“孤雁儿”，双调，78字，上下片各四仄韵。这首词写秋思，是范仲淹绮丽风格的代表作。虽然也是婉约之作，但格调较花间派要高。上片写词人高楼远眺，境界开阔，柔而有骨。下片直抒愁情，直而能曲，曲折尽情。全词意境高远，深沉激越，深挚动人。

②砌：台阶。

③碎：零乱。

④真珠：珍珠。

⑤练：素绢。

⑥欹 qī：倾侧不平。

⑦谙 ān：熟悉。

⑧都来：算来。此事：指愁情。

张先（990—1078），字子野，乌程（今浙江湖州）人。仁宗天圣八年（1030）进士，官至都官郎中。晚年来往于苏杭之间，过着优游的生活。他尤善作词，语言工巧含蓄，对慢词的发展起了一定作用。因所作有三处善用“影”字，故又被称为“张三影”。有《张子野词》。

千秋岁①

数声鶗鴂②，又报芳菲歇③。惜春更把残红折④。雨轻风色暴，梅子青时节。永丰柳⑤，无人尽日花飞雪⑥。　莫把幺弦拨⑦，怨极弦能说。天不老，情难绝。心似双丝网，中有千千结。夜过也，东窗未白凝残月。

注释

①千秋岁：词牌名，又名“千秋节”“千秋万岁”，可能由唐教坊大曲《千秋乐》调改制而成。双调，71字，仄韵。这是一首艳词，写惜春之情。词以鶗鴂哀鸣送落花开篇，烘托了晚春的悲凉景象，表达了缠绵悱恻的相思之情。下片直抒愁情，同时，巧妙化用李贺“天若有情天亦老”的名句，更加重了抒情气氛。“莫把幺弦拨，怨极弦能说”，“心似双丝网，中有千千结”都是感人肺腑的名句。

②鶗鴂tíjué：杜鹃鸟。

③芳菲：花草。歇：结束。

④残红：残花。

⑤永丰：坊名，在洛阳城中。白居易《杨柳枝》有“永丰西角荒园里，尽日无人属阿谁”句，名闻帝京。

⑥花飞雪：指柳花如雪般飞满天空。

⑦幺弦：琵琶的第四弦，借指琵琶。

菩萨蛮[①]

哀筝一弄《湘江曲》，声声写尽湘波绿。纤指十三弦[②]，细将幽恨传。　　当筵秋水慢[③]，玉柱斜飞雁。弹到断肠时，春山眉黛低[④]。

注释

①菩萨蛮：唐教坊曲名，用作词牌，共四联八句，每联换韵，平仄更替。现存最早一首为李白的“平林漠漠烟如织”，被推为绝唱。

张先这一首固然不如李白词情深意厚，却也有自己一番风色。词中描写了一位弹筝女子在筵席上弹《湘江曲》的情景。把曲子蕴含的深远意境和弹奏者的神态都表现了出来，意在表达弹筝女子的忧怨之情。究竟是为何而怨呢？没有说，只留下一片空白给人想象。

②十三弦：唐宋时筝上的弦，多为十三根。

③秋水：指眼睛。

④春山眉黛低：古人用山来指美人的双眉。因用黛色即青黑色画眉，故称眉黛；低眉意即皱眉。

醉垂鞭[1]

双蝶绣罗裙，东池宴初相见。朱粉不深匀，闲花淡淡春。　细看诸处好，人人道，柳腰身。昨日乱山昏，来时衣上云。

注释

①醉垂鞭：词牌名。约源于李白《赠郭将军》中的诗句："平明拂剑朝天去，薄暮垂鞭醉酒归。"后人少有填此调者。

这一首是花间派风格的词，写得极为柔媚，却也清丽动人。上片写词人在宴会上遇到了一位女子，并重点描绘了这位歌女的装束打扮，略施粉黛，清雅脱俗，十分美丽，令作者一见倾心。下片更进一步对歌女的身材进行了描绘，体态苗条，清新可人，气质超凡，宛如天上仙女从云间下凡。

一丛花[1]

伤高怀远几时穷[2]？无物似情浓。离愁正引千丝乱[3]，更东陌、飞絮濛濛。嘶骑渐遥[4]，征尘不断[5]，何处认郎踪？　双鸳池沼水溶溶，南北小桡通[6]。梯横画阁黄昏后，又还是、斜月帘栊。沉恨细思，不如桃杏，犹解嫁东风。

注释

①一丛花：词牌名。双调，78字，上下片各七句，四平韵。这是一首闺怨词——中国古代诗词中独特的一类。作者为远别郎君的闺中妇女代笔，写出她们的哀怨之情。词句香艳，构思巧妙，这正是张先的风格。因最后一句“不如桃杏，犹解嫁东风”奇思妙想，张先本人被欧阳修戏称为“桃杏嫁东风郎中”。

②伤高怀远：登高望归不见归的伤感。

③丝：飘舞的蛛丝或柳丝，借以指思绪。

④嘶骑：嘶叫的征马。

⑤征尘不断：指出征的人不绝。

⑥桡ráo：桨，代指船。

天仙子[①]

《水调》数声持酒听[②]，午醉醒来愁未醒。送春春去几时回？临晚镜，伤流景[③]，往事后期空记省[④]。　　沙上并禽池上暝[⑤]，云破月来花弄影。重重帘幕密遮灯，风不定，人初静，明日落红应满径。

注释

①天仙子：词牌名，双调，68字，上下片各五仄韵。这一首临老伤春之作，用触景生情的手法，表现了作者晚年的人生感慨。“云破月来花弄影”，试图用一种微妙的意象，来表达微妙的情怀，巧妙至极。

末句“明日落红应满径”表现了一种无可奈何之情。

②水调：曲调名，相传为隋炀帝所制，声韵悲切。

③流景：流逝的光景。

④记省xǐng：忆想。

⑤并禽：成双的鸟儿。暝：通“瞑”。眠。

青门引[①]

乍暖还轻冷[②]，风雨晚来方定。庭轩寂寞近清明，残花中酒[③]，又是去年病。　　楼头画角风吹醒[④]，入夜重门静。那堪更被明月[⑤]，隔墙送过秋千影。

注释

①青门引：词牌名，双调，52字。

这首词写暮春寂寞情思，句法非常微妙。末句为善用“影”字之典范。

②乍暖：天气突然变暖。轻冷：微微有些冷。

③中zhòng酒：喝酒过量。

④画角：绘彩的号角。

⑤那堪：哪堪。

晏殊（991—1055），字同叔，临川（今江西抚州）人。七岁能文，少年即以神童召试，赐同进士出身。累官至宰相，谥号元献。他文采华丽，诗属西昆体，词承南唐余风，多写闲情逸致，为宋初一大家。有《珠玉词》三卷。

浣溪沙[①]

一曲新词酒一杯，去年天气旧亭台。夕阳西下几时回？　　无可奈何花落去，似曾相识燕归来，小园香径独徘徊。

注释

①浣溪沙：本唐教坊曲名，用作词牌。因西施浣纱于若耶溪而称，故又名“浣纱溪”。

这是一首闲词，写的是闲情。晏殊作为一个太平时代的宰相，“未尝一日不宴饮”，美酒歌乐过后，就挥毫填词，半醉半醒之间，粲然词章就诞生了。这首词描写了诗人在去年游宴之地，把盏听妓吟唱新词，到傍晚时分一个人在回家的小径上徘徊。其中名句“无可奈何花落去，似曾相识燕归来”透露出一种淡淡的闲愁。

浣溪沙[①]

一向年光有限身[②]，等闲离别易消魂。酒筵歌席莫辞频。　满目山河空念远，落花风雨更伤春。不如怜取眼前人。

注释

①这首词伤别伤春伤老，写得雍容闲雅。

②一向：片刻。向，通“晌”。

清平乐[①]

红笺小字[②]，说尽平生意。鸿雁在云鱼在水[③]，惆怅此情难寄。　斜阳独倚西楼[④]，遥山恰对帘钩。人面不知何处，绿波依旧东流[⑤]。

注释

①清平乐：词牌名。唐李白有作。双调，46字。
这是一首怀人之作，在诗词中是很常见的一类。词中寓情于景，委婉地说出了心中的惆怅之情，韵味悠然。

②红笺：红色的信纸。

③鸿雁在云鱼在水：这是化用《古诗十九首》中鱼雁传书的典故。

④斜阳独倚西楼：夕阳中独自倚靠西楼。

⑤人面不知何处，绿波依旧东流：化用崔护《题都城南庄》诗句：“人面不知何处去，桃花依旧笑春风。”

清平乐[①]

金风细细[②]，叶叶梧桐坠。绿酒初尝人易醉[③]。一枕小窗浓睡。　　紫薇朱槿花残。斜阳却照阑干[④]。双燕欲归时节，银屏昨夜微寒[⑤]。

注释

①这仍然是一首闲词，用语平白如话。

②金风：秋风。西方为秋而属金，故称金秋。

③绿酒：刚酿好的米酒，色微绿。

④阑干：同“栏杆”。

⑤银屏：镶银或银白色的屏风。

木兰花[①]

燕鸿过后莺归去，细算浮生千万绪。长于春梦几多时？散似秋云无觅处[②]。　　闻琴解佩神仙侣[③]，挽断罗衣留不住。劝君莫作独醒人，烂醉花间应有数[④]。

注释

①本词不像是作者一贯的平白风格，似乎有什么难言之隐，所以有人认为作者是想表达政治上的失意，也有人认为是悼亡之作。

②长于春梦几多时？散似秋云无觅处：化用白居易的《花非花》中“来如春梦几多时？去似朝云无觅处”

一句，表达一种留不住的无可奈何之情。

③闻琴解佩：情投意合、两情相悦之意。闻琴，指司马相如与卓文君知心相恋的典故。文君新寡，司马相如以求凰之曲挑之，文君听后产生爱慕之情，夜奔相如。解佩，事见《列仙传》，江妃二神女游于江滨，逢郑交甫悦之，遂解佩玉相赠。

④有数：命中注定。

木兰花[①]

池塘水绿风微暖，记得玉真初见面[②]。重头歌韵响琤琮[③]，入破舞腰红乱旋[④]。　　玉钩阑下香阶畔[⑤]，醉后不知斜日晚。当时共我赏花人，点检如今无一半[⑥]。

注释

①这是一首闲日怀旧词，这首词上下两片对照来写，以旧时欢畅情景反衬今日之凄清。

②玉真：仙人玉女。

③重头：一种词韵格式，上下片韵律完全相同。

琤琮chēngcóng：象声词，形容敲打玉石和流水的声音，金属撞击发出的声音及琴声等。

④入破：唐宋大曲一个音乐阶段的名称。此段节奏紧促，有歌有舞。乱旋：谓舞蹈节奏加快。

⑤玉钩：指新月。

⑥点检：算来。

木兰花[①]

绿杨芳草长亭路，年少抛人容易去。楼头残梦五更钟，花底离愁三月雨。　　无情不似多情苦，一寸还成千万缕。天涯地角有穷时，只有相思无尽处。

注释

①此词写相思之苦，句句透着无限爱意和思念。上片以景衬情，下片直抒胸臆。通篇不事文藻，然真情直露。

踏莎行[①]

祖席离歌[②]，长亭别宴[③]。香尘已隔犹回面[④]。居人匹马映林嘶，行人去棹依波转[⑤]。　　画阁魂消[⑥]，高楼目断。斜阳只送平波远。无穷无尽是离愁，天涯地角寻思遍。

注释

①踏莎行：词牌名，双调，58字，仄韵。

这是一首送行之作。上片写送别场面，依依别情。下片写别后的相思，绵绵无尽。

②祖席：送别的宴席。

③长亭：秦汉时期大约每十里设一亭，谓之长亭，负责给驿使提供服务。后成为人们郊游驻足和分别相

送之地。经文人诗文传播，长亭成为分别之地的代称。

④香尘：指带有落花之香的尘土。

⑤棹zhào：船桨，这里代指船。

⑥画阁：绘彩的楼阁。

踏莎行[①]

小径红稀[②]，芳郊绿遍。高台树色阴阴见。春风不解禁杨花，濛濛乱扑行人面。　　翠叶藏莺，朱帘隔燕。炉香静逐游丝转[③]。一场愁梦酒醒时，斜阳却照深深院。

注释

①这首词描写暮春的景象，抒发词人感触时序变迁寂寞无聊的淡淡哀愁。最后两句“一场愁梦酒醒时，斜阳却照深深院”是全词的词眼。

②红稀：花少。

③游丝：空中飘浮的虫丝。

蝶恋花[①]

六曲阑干偎碧树[②]，杨柳风轻，展尽黄金缕[③]。谁把钿筝移玉柱[④]，穿帘海燕双飞去。　　满眼游丝兼落絮，红杏开时，一霎清明雨。浓睡觉来莺乱语，惊残好梦无寻处。

注释

①蝶恋花：词牌名，又名“鹊踏枝”“凤栖梧”。双调，60字，仄韵。南唐冯延巳多有此作。

这首词写春日闲情，情怀与孟浩然《春晓》相近似，只不过一精练，一绮丽。

②偎：倚靠。

③黄金缕：比喻新生的柳枝。

④钿diàn筝：用金银装饰的琴。

韩缜（1019—1097），**字玉汝，雍丘（今河南杞县）人，庆历二年**（1042）**进士，历仕英宗、神宗、哲宗三朝，卒谥庄敏。**

凤箫吟[①]

锁离愁、连绵无际，来时陌上初熏[②]。绣帏人念远，暗垂珠露，泣送征轮[③]。长行长在眼，更重重、远水孤云。但望极楼高，尽日目断王孙[④]。　　消魂。池塘别后，曾行处、绿妒轻裙。恁时携素手[⑤]，乱花飞絮里，缓步香茵[⑥]。朱颜空自改，向年年、芳意长新。遍绿野，嬉游醉眼，莫负青春。

注释

①凤箫吟：词牌名，又名“凤楼吟”。因韩缜以此咏芳草离别，故又名“芳草”，韵律亦以此为准。双调，100字，平韵。这是一首借芳草以咏离情的词，而全词不见一草字，唯化用相关典故以尽其意，不着痕迹。上片写游子即将远行，闺妇垂泪相送，高楼望断天涯路。下片写别后空对春华，触目伤怀，难免有美人迟暮之感。全词委曲缠绵，兴象宛然，盛传一时。

②熏：通“薰”。散发香气。江淹《别赋》：“闺中风暖，陌上草熏。”③轮：指马车。

④王孙：代指草。出自汉淮南小山《招隐士》：“王孙游兮不归，芳草生兮萋萋。”

⑤恁时：那时。⑥茵：褥子，指草。

宋祁（998—1061），字子京，安陆（今属湖北）人。天圣二年（1024）与兄庠同举进士，名噪一时。累官至工部尚书、翰林学士承旨、史馆修撰，与欧阳修等合修《新唐书》，谥景文。词有《宋景文公长短句》辑本。

木兰花①

东城渐觉风光好，縠皱波纹迎客棹②。绿杨烟外晓寒轻，红杏枝头春意闹。　　浮生长恨欢娱少，肯爱千金轻一笑③。为君持酒劝斜阳，且向花间留晚照④。

注释

①这是一首歌咏春天的名篇。作者赞美富有生机的大好春光，却感叹人生短暂，欢乐少而愁苦多，所以主张及时行乐。上片写景，清新秀丽。着一“轻”字，足见春光之明媚，色泽之鲜明；着一“闹”字，足见生机勃勃，春意盎然。下片前两句直抒胸臆，直白通俗；后两句神思缥缈，饶有韵味。

②縠hú：绉纱。

③肯爱千金轻一笑：肯即岂肯，即不会吝惜千金以换美人一笑。

④且向花间留晚照：语出李商隐《写意》诗“日向花间留返照”。

欧阳修（1007—1072），字永叔，号醉翁，晚年又号六一居士，庐陵（今江西吉安）人。宋仁宗天圣八年（1030）进士。早年与范仲淹等主张政治改革，为此屡遭贬谪。后累官至翰林学士、枢密副使、参知政事等职，晚年在政治上有很大变化，成了反对当时王安石变法的守旧派。他在文学史上有重要地位，词承南唐、晏殊，为一大家，是北宋中叶文坛的领袖，唐宋八大家之一。

采桑子[①]

群芳过后西湖好[②]。狼藉残红[③]，飞絮濛濛，垂柳阑干尽日风。　　笙歌散尽游人去，始觉春空，垂下帘栊，双燕归来细雨中。

注释

①采桑子：词牌名，又名“丑奴儿”“罗敷媚”等。双调，44字，上下片各四句三平韵。

这首词是欧阳修十首《采桑子》组词中的第四首，上片描写了西湖暮春的美丽景色，下片轻描淡写地点明了自己对此景的感受，虽有几分失落，但心情还不算坏。全词风格颇为平淡，在作者一贯深重的词风中别具一格。

②西湖：指颍州的西湖。

③狼藉：散乱状。

诉衷情[①]

眉意

清晨帘幕卷轻霜，呵手试梅妆[②]。都缘自有离恨，故画作远山长。　　思往事，惜流芳[③]，易成伤。拟歌先敛，欲笑还颦[④]，最断人肠。

注释

①诉衷情：词牌名。晚唐时期温庭筠创制，原为单调，后演为双调，40字，上下片各三平韵。

这首词借梳妆画眉这样一件小事，巧妙地刻画出歌女内心的愁苦。

②梅妆：梅花妆。相传南朝宋武帝女寿阳公主，卧于含章殿檐下，梅花落于其额上，成五出之花，拂之不去。自后有“梅花妆”。

③流芳：流逝的芳年。

④颦：皱眉。

踏莎行[①]

候馆梅残[②]，溪桥柳细，草薰风暖摇征辔[③]。离愁渐远渐无穷，迢迢不断如春水。　　寸寸柔肠，盈盈粉泪，楼高莫近危阑倚。平芜尽处是春山，行人更在春山外。

注释

①这是一首描写女子离别情绪的词。上片写送别时的情景，“离愁渐远渐无穷，迢迢不断如春水”，不减李后主的“问君能有几多愁，恰似一江春水向东流”。下片先后从正面和侧面反映了妇人的愁苦之情，“平芜尽处是春山，行人更在春山外”，委婉而深重。

②候馆：驿馆，旅舍。

③辔 pèi：马缰绳。

蝶恋花[①]

庭院深深深几许？杨柳堆烟，帘幕无重数。玉勒雕鞍游冶处[②]，楼高不见章台路[③]。　雨横风狂三月暮[④]。门掩黄昏，无计留春住。泪眼问花花不语，乱红飞过秋千去。

注释

①此词一说为南唐冯延巳所作。

这是一首怨妇词。上片写一个身处上层的少妇，她的丈夫在外寻欢作乐，而自己整日独守空房，一任青春流逝。首句连用三个“深”字，极其深刻地表现出一种孤独寂寞的氛围，历来为人所称道。下片伤春，“雨横风狂”暗示爱情受到风雨摧残，“三月暮”象征青春已逝。因风雨而惜花，为春去而自叹，具有悲剧意味。

②游冶：出游寻乐。

③章台路：妓院的代称。汉代长安有条章台街，是妓女聚居

的地方，以后泛指繁华的游乐场所。

④横hèng：粗暴。

蝶恋花[①]

谁道闲情抛弃久？每到春来，惆怅还依旧。日日花前常病酒，不辞镜里朱颜瘦。　　河畔青芜堤上柳。为问新愁，何事年年有？独立小桥风满袖。平林新月人归后。

注释

①这首词集中写愁情，而没有说明愁从何起。“日日花前常病酒，不辞镜里朱颜瘦”，“为问新愁，何事年年有”，像这样一味写愁，而写得如此形象贴切的，实在少有。

蝶恋花[①]

几日行云何处去[②]？忘了归来，不道春将暮。百草千花寒食路[③]，香车系在谁家树？　　泪眼倚楼频独语。双燕来时，陌上相逢否？撩乱春愁如柳絮。依依梦里无寻处。

注释

①一说为冯延巳作。这是一首闺怨词，写晚春时候，游子忘归，佳人空望，景色愁人，牵肠挂肚。

②行云：用宋玉《高唐赋》巫山神女典："妾在巫山之阳，高丘之阻，旦为朝云，暮为行雨。"比喻人行踪不定。

③寒食：指寒食节。农历清明前一日或二日，禁烟火，吃冷食。

木兰花[①]

别后不知君远近。触目凄凉多少闷！渐行渐远渐无书，水阔鱼沉何处问[②]？　夜深风竹敲秋韵。万叶千声皆是恨。故攲单枕梦中寻，梦又不成灯又烬[③]。

注释

①这是一首闺怨词，用韵凝重，把那种离别的伤心痛苦表现得淋漓尽致。词一开始就喷射出一种强烈的情感："触目凄凉多少闷！"后面越写越沉痛，乃至"万叶千声皆是恨""梦又不成灯又烬"，真令人肝肠寸断。

②水阔鱼沉：意谓不见信使来送书。

③烬 jìn：化成灰烬。

浪淘沙[①]

把酒祝东风，且共从容[②]，垂杨紫陌洛城东[③]。总是当时携手处，游遍芳丛。　聚散苦匆匆，此恨无穷。今年花胜去年红。可惜明年花更好，知与谁同？

注释

①浪淘沙：唐时教坊曲名，调出于乐府，原为28字，即七言绝句一首。唐刘禹锡、白居易都有此词，且词句即咏江浪淘沙。李煜因旧调另制新声，乃变作双调，54字。这是一首感游词，声韵婉转悠扬。上片记述自己在洛城东旧地重游的乐趣。下片引发一种人生聚散无常的感慨。

②把酒祝东风，且共从容：语出唐司空图《酒泉子》词："黄昏把酒祝东风，且从容。"

③紫陌：京城郊外的道路。

青玉案[①]

一年春事都来几？早过了、三之二。绿暗红嫣浑可事[②]。绿杨庭院，暖风帘幕，有个人憔悴。　　买花载酒长安市。又争似、家山见桃李[③]。不枉东风吹客泪。相思难表，梦魂无据，惟有归来是。

注释

①青玉案：词牌名，调名出自东汉张衡《四愁诗》"美人赠我锦绣段，何以报之青玉案"。又名"横塘路""西湖路"，双调，67字，上下片各五仄韵。

这首词表现了词人暮春思归之情。上片写外面大好春光，自己却在庭院空憔悴。下片继而解释憔悴的原因：虽在京城作乐，怎如亲见家乡的景物？托梦还乡，何如罢官归去！言语真挚，感人肺腑。

②浑可事：宋人方言，意谓算不了啥事。

③争似：怎能比得上。

柳永 （约987—约1053），字耆卿，初名三变，排行第七，世人称柳七，崇安（今属福建）人。本热心功名事业，但仕途坎坷。直到晚年才中进士，仅任小官，奔波辛苦。官至屯田员外郎，人又称其柳屯田。他精通音律，能自变曲，善以口语、俗语入词；他制作了大量慢词，对词的发展起了推动作用。有《乐章集》。

曲玉管[①]

陇首云飞[②]，江边日晚，烟波满目凭阑久。一望关河萧索，千里清秋，忍凝眸[③]？　　杳杳神京[④]，盈盈仙子[⑤]，别来锦字终难偶[⑥]。断雁无凭，冉冉飞下汀洲，思悠悠。　　暗想当初，有多少，幽欢佳会，岂知聚散难期，翻成雨恨云愁[⑦]？阻追游。每登山临水[⑧]，惹起平生心事，一场消黯[⑨]，永日无言[⑩]，却下层楼。

注释

①曲玉管：词牌名。此调不常见，只有柳永这一首词。上片作者登高望远，清秋景物，满目萧条，不忍凝望。中片思念自己在京都相恋的美人，却无由寄书传情，徒牵心肠。下片回想当年欢会，反令而今黯然销魂。全词韵调缠绵，颇能尽意，心肠随之百转千回。

②陇首云飞：语出南朝梁柳恽《捣衣》诗“亭皋木叶下，陇首秋云飞”。陇首即山头。

③忍凝眸：不忍凝望。

④神京：京都。

⑤仙子：指美人。

⑥锦字：指情书。偶：合。

⑦雨恨云愁：用宋玉《高唐赋》中巫山神女典故："昔者先王尝游高唐，怠而昼寝，梦见一妇人曰：'妾，巫山之女也。为高唐之客。闻君游高唐，愿荐枕席。'王因幸之。去而辞曰：'妾在巫山之阳，高丘之阻，旦为朝云，暮为行雨。朝朝暮暮，阳台之下。'"后以云雨代指男女之情事。

⑧登山临水：出宋玉《九辩》："登山临水兮送将归。"

⑨消黯：出江淹《别赋》："黯然销魂者，惟别而已矣！"

⑩永日：长日。

雨霖铃[①]

寒蝉凄切，对长亭晚，骤雨初歇。都门帐饮无绪[②]，留恋处，兰舟催发。执手相看泪眼，竟无语凝噎[③]。念去去，千里烟波，暮霭沉沉楚天阔。　　多情自古伤离别，更那堪、冷落清秋节！今宵酒醒何处？杨柳岸、晓风残月。此去经年，应是良辰好景虚设。便纵有、千种风情，更与何人说！

注释

①雨霖铃：原为唐教坊曲名。传为唐玄宗造，白居易《长恨歌》有"夜雨闻铃断肠声"。后用作词牌，双调，

103字，上下片各五仄韵。

这一首是柳词杰作，是送别之作，亦是闺怨词一类。词中主角很可能是与作者发生过关系的一位妓女。全词采用借景抒情与直抒情怀相结合的手法，极写别时的凄凉光景，及诸般儿女情态。上片描摹别离时的情景，用寒蝉、秋雨、暮霭、烟波等景物点缀，烘托了悲凉的气氛。“执手相看泪眼，竟无语凝噎”，以眼泪表达两人的恋恋不舍，胜过千言万语。下片设想别离后的情景，虚景实写，构思巧妙，“今宵酒醒何处？杨柳岸、晓风残月”成为千古名句。需要说明的是，本词押的是今语中没有的入声韵（切、歇、发、噎、阔、别、节、月、设、说），用普通话读来处处拗口，几乎没有韵味，甚是遗憾。然而在古音中，“发”与“泄”、“噎”与“叶”、“阔”与“彻”、“说”与“悦”韵是相近的。

②都门：京都门外。帐饮：在郊外设帐宴饮。无绪：没心绪。

③凝噎：哽咽。

蝶恋花[①]

伫倚危楼风细细[②]，望极春愁，黯黯生天际。草色烟光残照里，无言谁会凭阑意[③]。　　拟把疏狂图一醉[④]，对酒当歌，强乐还无味。衣带渐宽终不悔[⑤]，为伊消得人憔悴[⑥]。

注释

①这是一首绝妙的抒情词，一说为欧阳修所作。

上片写登眺时的感受，伫倚危楼，本是无限春光，可在一个满怀相思的人眼里却是春愁黯黯。“草色烟光残照里，无言谁会凭阑意”，不但意兴宛然，而且气象苍茫。下片写作者借酒浇愁，买醉听歌，却依然无法排解心中的苦闷。结尾两句“衣带渐宽终不悔，为伊消得人憔悴”宕开笔墨，把强烈的感情猛然宣泄出来，加倍表现了情思之专挚，成为千古绝唱。

②危楼：高楼。

③凭阑：倚靠栏杆，不是有所思就是有所待。

④疏狂：狂放不拘。

⑤衣带渐宽：形容日益消瘦。化自《古诗十九首》：“相去日已远，衣带日已缓。”

⑥伊：她。

采莲令①

月华收，云淡霜天曙。西征客、此时情苦。翠娥执手、送临歧，轧轧开朱户②。千娇面、盈盈伫立，无言有泪，断肠争忍回顾？　　一叶兰舟，便恁急桨凌波去。贪行色、岂知离绪。万般方寸，但饮恨，脉脉同谁语？更回首、重城不见，寒江天外，隐隐两三烟树。

注释

①采莲令：词牌名，仅存柳永一首词，91 字，按理不应称“令”（小令），而应称“慢”（长调）。

这首词写与情人远别时的凄苦心情。上片写离别时月落云收，霜天欲曙，即将西行的游子，此刻的心情最为凄苦。临歧分手时美人紧拉他的手，走后还盈盈伫立，含泪不语，令人肝肠寸断，不忍回顾，可谓惟妙惟肖。下片写离别后无限惆怅。“更回首、重城不见，寒江天外，隐隐两三烟树”，与上片景物相应，恰到好处地烘托出一种悲凉的气氛。

②轧轧yà：门转动的声音。

浪淘沙慢①

梦觉、透窗风一线，寒灯吹息。那堪酒醒，又闻空阶，夜雨频滴，嗟因循、久作天涯客②。负佳人、几许盟言，便忍把、从前欢会，陡顿翻成忧戚③。　　愁极。再三追思，洞房深处④，几度饮散歌阑⑤。香暖鸳鸯被，岂暂时疏散，费伊心力。殢雨尤云⑥，有万般千种，相怜相惜。　　恰到如今、天长漏永⑦，无端自家疏隔。知何时、却拥秦云态⑧，愿低帏昵枕，轻轻细说与，江乡夜夜，数寒更思忆。

注释

①浪淘沙慢：浪淘沙的别格，由柳永演制成135字的长篇慢调。

这是一首写情的词，上片描述客途之人夜半酒醒梦回想念佳人的忧思之情。中片追忆昔日与佳人缠绵的情事。下片写当下的相思之情。全词由当下至回忆再回到现实，多角度地展现了思念之情。

②因循：徘徊不去。

③陡顿：突然。翻成：反而成为。

④洞房：幽深的居室。⑤阑：将尽。

⑥殢 tì 雨尤云：指男欢女爱，缠绵悱恻。

⑦漏永：时间漫长。漏，古代的计时器。

⑧秦云：秦云楚雨，指男欢女爱。

定风波[①]

自春来、惨绿愁红[②]，芳心是事可可[③]。日上花梢，莺穿柳带，犹压香衾卧。暖酥消[④]，腻云亸[⑤]，终日厌厌倦梳裹。无那[⑥]！恨薄情一去，音书无个。　　早知恁么，悔当初、不把雕鞍锁。向鸡窗[⑦]，只与蛮笺象管[⑧]，拘束教吟课[⑨]。镇相随[⑩]，莫抛躲，针线闲拈伴伊坐。和我，免使年少光阴虚过。

注释

①定风波：词牌名，有多格。

这是一首描绘孤栖妇女情思的艳词。上片写晨睡情态，描绘非常细致。下片写她悔不当初缠住丈夫，不让他离开，来与自己共度青春。整首词多用俗语。

②惨绿愁红：花草衰败。

③是事可可：凡事不太在意，含糊过去。

④暖酥消：指女子肌肤柔软。

⑤腻云：形容蓬松的头发。亸duǒ：下垂。

⑥无那：无奈。

⑦鸡窗：指书斋。

⑧蛮笺象管：精美的信纸和笔。

⑨吟课：读书。

⑩镇：整天。

少年游[①]

长安古道马迟迟，高柳乱蝉嘶[②]。夕阳鸟外，秋风原上，目断四天垂。　　归云一去无踪迹，何处是前期？狎兴生疏[③]，酒徒萧索，不似去年时。

注释

①少年游：词牌名，50字，平韵。

这首词以秋景写个人的落魄悲凉之感，全词弥漫着低沉和萧瑟。

②嘶：鸣。

③狎xiá兴：轻狂的兴致。

戚　氏[①]

晚秋天，一霎微雨洒庭轩。槛菊萧疏，井梧零乱，惹残烟。凄然，望江关，飞云黯淡夕阳闲。当时宋玉悲感[2]，向此临水与登山。远道迢递[3]，行人凄楚，倦听陇水潺湲。正蝉吟败叶，蛩响衰草[4]，相应喧喧。　孤馆，度日如年。风露渐变，悄悄至更阑。长天净，绛河清浅[5]，皓月婵娟[6]。思绵绵。夜永对景那堪，屈指暗想从前。未名未禄，绮陌红楼，往往经岁迁延。　帝里风光好[7]，当年少日，暮宴朝欢。况有狂朋怪侣，遇当歌对酒竞留连。别来迅景如梭，旧游似梦，烟水程何限。念利名憔悴长萦绊。追往事、空惨愁颜。漏箭移[8]，稍觉轻寒。渐呜咽画角数声残。对闲窗畔，停灯向晓，抱影无眠。

注释

①戚氏：词牌名。调为柳永所创，其后此牌作者极少。这首词写词人因追求功名利禄而羁旅天涯的哀愁。上片写晚秋景色，触目凄凉。中片写情，追忆未名未禄时那无忧无虑的生活。下片写意，用以前欢乐的生活同现在的孤寂相比，抒发孤寂的心情。

②宋玉悲感：宋玉《九辩》："悲哉秋之为气也！萧瑟兮，草木摇落而变衰；憭慄兮，若在远行；登山临水兮，送将归。"是为悲秋之祖。

③迢递：遥远。

④蛩：蟋蟀。

⑤绛河：银河。以天称绛宵，故称银河为绛河。

⑥婵娟：形态美好的样子。

⑦帝里：京城。

⑧漏箭：古代计时器。铜壶盛水，壶中立箭。

夜半乐[①]

冻云黯淡天气，扁舟一叶，乘兴离江渚。度万壑千岩，越溪深处。怒涛渐息，樵风乍起，更闻商旅相呼，片帆高举。泛画鹢、翩翩过南浦[②]。　　望中酒旆闪闪[③]，一簇烟村，数行霜树。残日下、渔人鸣榔归去[④]。败荷零落，衰杨掩映，岸边两两三三、浣纱游女。避行客、含羞笑相语。　　到此因念，绣阁轻抛，浪萍难驻。叹后约、丁宁竟何据[⑤]！惨离怀、空恨岁晚归期阻。凝泪眼、杳杳神京路。断鸿声远长天暮。

注释

①夜半乐：唐教坊曲，后用为词牌。144字，仄韵。

这是一首叙事、写景、抒情交织在一起的词。全词分三片。三片之间有明显的分工。上片写途中的经历，中片写途中的所见，下片抒发去国离乡的感叹。全词构思完密，铺叙委婉，首尾连贯，脉络井然，景物描写也是栩栩如生。语言清新秀雅，具有很强的音乐性。

②鹢 yì：一种水鸟，常画在船上以示吉利。

③旆 pèi：旌旗。

④榔 láng：渔人系在船舷上敲击以驱鱼入网的长木棒。

⑤丁宁：同“叮咛”。

玉蝴蝶[①]

望处雨收云断，凭阑悄悄，目送秋光。晚景萧疏，堪动宋玉悲凉。水风轻、蘋花渐老，月露冷、梧叶飘黄。遣情伤。故人何在，烟水茫茫。　　难忘。文期酒会，几孤风月[②]，屡变星霜。海阔山遥，未知何处是潇湘！念双燕、难凭远信，指暮天、空识归航。黯相望。断鸿声里，立尽斜阳。

注释

①玉蝴蝶：词牌名，有小令和长调两体，此属长调，又称“玉蝴蝶慢”，始于柳永。双调，99字，平韵。
这是一首思念友人的词作，采用了寄情于景的表现手法，以清幽的秋景表现难忘的幽思。

②孤：辜，辜负。

八声甘州[①]

对潇潇暮雨洒江天，一番洗清秋。渐霜风凄紧，关河冷落，残照当楼。是处红衰翠减，苒苒物华休[②]。惟有长江水，无语东流。　　不忍登高临远，望故乡渺邈[③]，归思难收。叹年来踪迹，何事苦淹留？想佳人、妆楼颙望[④]，误几回、天际识归舟[⑤]？争知我、倚阑干处，正恁凝愁！

注释

①八声甘州：词牌名，从唐教坊大曲《甘州》改制而成，因全词共八韵，故称“八声”。双调，97字，上下片各九句四平韵。

这是一首描写羁旅漂泊之情的杰作，是柳永的代表作之一。上片通过“暮雨”“霜风”“残照”“红衰翠减”“长江水”诸般秋景衬托出一种浓重的凄凉感。“渐霜风凄紧，关河冷落，残照当楼”可媲美李白《忆秦娥》中的“西风残照，汉家陵阙”。下片不仅直写了自己归家心切，还虚构了佳人望归的一番逼真情态，及两不相知的愁怨，感人至深。

②苒苒rǎn：同“冉冉”。指时光流逝。

③渺邈：遥远。

④颙yóng望：举首凝望。

⑤天际识归舟：南齐谢朓诗句：“天际识归舟，云中辨江树。”

迷神引[①]

一叶扁舟轻帆卷。暂泊楚江南岸。孤城暮角，引胡笳怨[②]。水茫茫，平沙雁，旋惊散。烟敛寒林簇，画屏展。天际遥山小，黛眉浅[③]。　　旧赏轻抛，到此成游宦。觉客程劳，年光晚。异乡风物，忍萧索、当愁眼。帝城赊[④]，秦楼阻[⑤]，旅魂乱。芳草连空阔，残照满。佳人无消息，断云远。

注释

①迷神引：词牌名。柳永始创。双调，97字，仄韵。这是一首典型的羁旅之作，借景抒情，表达一种背井离乡的惆怅。

②胡笳jiā：古代北方少数民族使用的一种吹奏乐器。

③眉黛浅：形容远山隐约可见。④赊：远。⑤秦楼：妓院。

竹马子[①]

登孤垒荒凉，危亭旷望，静临烟渚。对雌霓挂雨[②]，雄风拂槛[③]，微收烦暑。渐觉一叶惊秋，残蝉噪晚，素商时序。览景想前欢，指神京，非雾非烟深处。　　向此成追感，新愁易积，故人难聚。凭高尽日凝伫。赢得消魂无语。极目霁霭霏微[④]，暝鸦零乱，萧索江城暮。南楼画角，又送残阳去。

注释

①竹马子：词牌名，又名“竹马儿”。双调，103字，仄韵。这是一首对景咏怀的词作，表现手法颇有可取之处。上片写自己登高旷望，秋景满眼，令他回想起昔日京城的景象，可现在却在“非雾非烟深处”，巧妙地衬托出难言之情怀。下片抒发自己对故人的思念之情，凭高凝伫，无言对景，以至日暮，“又送残阳去”。

②雌霓：副虹，在主虹外侧，色彩较浅。

③雄风：语出宋玉《风赋》：“此所谓大王之雄风也。”

④霁霭：雨晴后出现的烟雾。

王安石（1021—1086），字介甫，号半山，临川（今江西抚州）人。仁宗庆历二年（1042）进士，官至宰相。他大力推动新法，以图富国强兵，但由于守旧派反对等原因，成效不大，最后失败。晚年退居金陵，卒谥号文。他是北宋诗文学家，为文重视社会意义，讲究实用。词作不多，但清新刚健，一改五代浮艳旧习。有《临川先生歌曲》辑本。

桂枝香[①]

登临送目，正故国晚秋[②]，天气初肃[③]。千里澄江似练[④]，翠峰如簇。归帆去棹残阳里，背西风、酒旗斜矗。彩舟云淡，星河鹭起，画图难足。　　念往昔、繁华竞逐。叹门外楼头，悲恨相续。千古凭高，对此漫嗟荣辱[⑤]。六朝旧事如流水[⑥]，但寒烟衰草凝绿。至今商女，时时犹唱，《后庭》遗曲[⑦]。

注释

①桂枝香：词牌名。双调，101字，仄韵。

这首词为王安石晚年退居金陵，登临怀古之作。景象阔大，音调高亢，用意精到，兼有婉约与豪放之风，可抵一篇怀古诗。

②故国：指金陵，今南京，为六朝首都。

③肃：萧瑟。

④澄江似练：出自南齐谢朓诗句："余霞散成绮，澄江静如练。"

⑤漫：徒然，空自。

⑥六朝：定都于金陵的六朝，东吴、东晋、宋、齐、梁、陈。唐以后多以此怀古。

⑦《后庭》遗曲：《玉树后庭花》，陈后主作，其词艳丽，被称为亡国之音。全诗为："丽宇芳林对高阁，新妆艳质本倾城。映户凝娇乍不进，出帷含态笑相迎。娇姬脸似花含露，玉树流光照后庭。"杜牧《泊秦淮》："商女不知亡国恨，隔江犹唱《后庭花》。"

千秋岁引[1]

别馆寒砧[2]，孤城画角，一派秋声入寥廓[3]。东归燕从海上去，南来雁向沙头落。楚台风[4]，庾楼月[5]，宛如昨。　　无奈被些名利缚，无奈被他情担阁[6]。可惜风流总闲却。当初谩留华表语[7]，而今误我秦楼约。梦阑时，酒醒后，思量着。

注释

①千秋岁引：王安石所创词调。由"千秋岁"变化而来。双调，82字，仄韵。

这是一首在诗词史上颇为难得的咏怀词。全词未见一个"愁"字，写尽人中愁绪，诸多诗语融入词中，浑然无迹。此词可能作于王安石推行新法失败、退居金陵之时，因此抒发的是功名误身、身不由己，不如及时退隐的慨叹。与王安石一贯的积极进取截然不同。

②砧 zhēn：捣衣石，这里代指捣衣声。

③寥廓：辽阔。

④楚台风：用宋玉于兰台为楚襄王赋风一事。

⑤庾楼月：用《世说新语》庾亮在南楼赏月之典。

⑥担阁：耽搁。

⑦华表语：指向皇上进谏的奏章。

王安国（1028—1074），**字平甫，王安石弟。存词三首。**

清平乐[①]

留春不住，费尽莺儿语。满地残红宫锦污[②]，昨夜南园风雨。　　小怜初上琵琶[③]，晓来思绕天涯。不肯画堂朱户[④]，春风自在杨花。

注释

①这首词描写歌女伤春之情，惋惜春天的逝去，更惋惜自己的青春，不愿让自己的青春锁在画堂朱户里白白地消逝。

②宫锦：宫廷特制的锦缎。比喻落花铺地。

③小怜：齐后主宠妃冯小怜，善弹琵琶。这里泛指歌女。

④画堂朱户：达官贵人家。

晏几道（1038—1110），字叔原，号小山，晏殊第七子。早年曾做一些地方小官，晚年生活贫困，但不践贵门。蔡京于重九、冬至遣客求词，晏几道两作《鹧鸪天》，无一语及蔡。贵人暮子，落拓一生，所写多感伤之作。词与其父齐名，号“二晏”。有《小山词》。

临江仙[①]

梦后楼台高锁，酒醒帘幕低垂。去年春恨却来时。落花人独立，微雨燕双飞。　　记得小蘋初见[②]，两重心字罗衣。琵琶弦上说相思。当时明月在，曾照彩云归[③]。

注释

①临江仙：词牌名，双调，58字，平韵。

小山词以写情为主，写得不似欧阳修那般深，也不似柳永那般露，却能给人一种鲜明的美感。八首临江就是其风格的代表作。本词为怀人之作，上片写梦后酒醒孤独一人，下片追忆初见与当时之欢愉，烘托此刻的孤寂与思念。

②小蘋：歌妓名。

③彩云：喻小蘋身姿。

蝶恋花[①]

梦入江南烟水路，行尽江南，不与离人遇。睡里消魂无说处，觉来惆怅消魂误。　欲尽此情书尺素[②]，浮雁沉鱼，终了无凭据。却倚缓弦歌别绪，断肠移破秦筝柱[③]。

注释

①这是一首怀人之作。词的亮点是在开篇几句给人展示了一副极其美丽的梦中图画，堪称佳构。

②尺素：指书信。

③秦筝：琴，最早流行于秦地。

蝶恋花[①]

醉别西楼醒不记，春梦秋云[②]，聚散真容易。斜月半窗还少睡，画屏闲展吴山翠[③]。　衣上酒痕诗里字，点点行行，总是凄凉意。红烛自怜无好计，夜寒空替人垂泪[④]。

注释

①这首词为离别感忆之作。将主人翁独宿空房的凄凉情态表现得惟妙惟肖。

②春梦秋云：出自白居易《花非花》："来如春梦几多时，去似朝云无觅处。"晏殊《木兰花》："长于春梦几多时，散似秋云无觅处。"

③吴山翠：画屏上青翠的吴山。

④红烛自怜无好计，夜寒空替人垂泪：出自杜牧《赠别》诗："蜡烛有心还惜别，替人垂泪到天明。"

鹧鸪天[①]

彩袖殷勤捧玉钟[②]，当年拚却醉颜红[③]。舞低杨柳楼心月，歌尽桃花扇影风。　　从别后，忆相逢，几回魂梦与君同。今宵剩把银釭照[④]，犹恐相逢是梦中。

注释

①鹧鸪天：词牌名，双调，55字，平韵。

这首词给我们讲了一个歌女与情郎重逢的凄美故事。最后两句写相逢时把灯来，仔细观照，还恐是梦中，真独具匠心，韵味十足。

②彩袖：代指歌女。钟：酒杯。

③拚却：或作"拚却"，不顾一切。

④银釭：银白色的烛台。

生查子[①]

关山魂梦长，鱼雁音书少。两鬓可怜青，只为相思老。　　归傍碧纱窗，说与人人道[②]：真个别离难，不似相逢好。

注释

①生查子：原为唐教坊曲名。五言八句，仄韵，格律与五言律诗不同。

此为闺情名词，又说为王观、杜世安作。

②人人：人儿，如说“亲爱的”。

木兰花[①]

东风又作无情计，艳粉娇红吹满地。碧楼帘影不遮愁，还似去年今日意。　　谁知错管春残事，到处登临曾费泪。此时金盏直须深[②]，看尽落花能几醉？

注释

①这是一首伤春之作。上片写东风无情，残红满地，下片写无力挽回光阴，只得借酒消愁。用词清劲，表面旷达，实则悲沉。

②直须：就要。

木兰花[①]

秋千院落重帘暮，彩笔闲来题绣户。墙头丹杏雨余花，门外绿杨风后絮。　　朝云信断知何处？应作襄王春梦去[②]。紫骝认得旧游踪[③]，嘶过画桥东畔路。

注释

①这是一首旧地重游感怀词，惆怅之情隐隐可见。

②襄王春梦：典出宋玉《高唐赋》，襄王游高唐，梦神女。

③紫骝：指好马。

清平乐①

留人不住，醉解兰舟去。一棹碧涛春水路，过尽晓莺啼处。　　渡头杨柳青青，枝枝叶叶离情。此后锦书休寄，画楼云雨无凭。

注释

①这是一首送别词，形象、清美、生动。

阮郎归①

旧香残粉似当初，人情恨不如。一春犹有数行书，秋来书更疏。　　衾凤冷②，枕鸳孤③，愁肠待酒舒。梦魂纵有也成虚，那堪和梦无？

注释

①阮郎归：词牌名。又名“醉桃源”“醉桃园”“碧桃春”等。唐教坊曲有《阮郎迷》，疑为其初名。《神仙记》载：“刘晨、阮肇入天台山采药，遇二仙女，留住半年，思归甚苦。既归，则乡邑零落，经已十世。”调名本此，故作凄音。双调，47字，上下片各四平韵。

这首词写的是一位被情郎渐渐遗忘的妇女，独宿空床的愁苦情形，想做个好梦也不可得，真是万分无奈。

②衾凤：绣着凤凰的被子。

③枕鸳：绣着鸳鸯的枕头。

阮郎归[①]

天边金掌露成霜[②]，云随雁字长。绿杯红袖趁重阳[③]，人情似故乡。　兰佩紫[④]，菊簪黄，殷勤理旧狂[⑤]。欲将沉醉换悲凉，清歌莫断肠！

注释

①这首词写了一场他乡重阳宴的情形。虽然没有直接抒情语，却通过“殷勤理旧狂”“欲将沉醉换悲凉”“清歌莫断肠”等，透露出词人深深的怅惘之情。

②金掌：汉武帝于长安建造了一个金铜仙人，手捧铜盘承露供饮，以求长生。

③红袖：指歌女。

④兰佩：出自屈原《离骚》：“纫秋兰以为佩。”

⑤旧狂：昔日的狂傲风流。

六幺令[①]

绿阴春尽，飞絮绕香阁。晚来翠眉宫样，巧把远山学[②]。一寸狂心未说，已向横波觉。画帘遮帀[③]，新翻曲妙，暗许闲人带偷掐。　前度书多隐语，意浅愁难答。昨夜诗有回文[4]，韵险还慵押。都待笙歌散了，记取来时霎。不消红蜡，闲云归后，月在庭花旧栏角。

注释

①六幺令：本唐教坊曲，后为词牌。又名“录要”“绿腰”“乐世”“宛溪柳”。双调，94字，上下片各九句，五仄韵。

此词写春闺恋情，描写了一位歌女的复杂感情。虽写艳情但不俗，颇有故事意味。

②远山：指远山眉样。

③遮帀：周围的意思。

④回文：诗体的一种，顺读倒读皆可成诗。

御街行[1]

街南绿树春饶絮[2]，雪满游春路[3]。树头花艳杂娇云，树底人家朱户。北楼闲上，疏帘高卷，直见街南树。　　阑干倚尽犹慵去[4]，几度黄昏雨。晚春盘马踏青苔[5]，曾傍绿阴深驻[6]。落花犹在，香屏空掩，人面知何处？

注释

①这是一首春怨之作，通篇写晚春之景，最后以化用崔护诗“人面不知何处去，桃花依旧笑春风”来写怀旧与思念。

②饶：丰富，多。

③雪：喻柳絮。

④慵去：懒得离去。

⑤盘马：驱马盘桓。

⑥驻：驻马。

虞美人[1]

曲阑干外天如水，昨夜还曾倚。初将明月比佳期，长向月圆时候望人归。　　罗衣着破前香在，旧意谁教改？一春离恨懒调弦，犹有两行闲泪宝筝前。

注释

①虞美人：词牌名出项羽宠妃虞姬。上下片皆为两仄韵转两平韵。以李后主“春花秋月何时了”最著名。这首词给人们展现了一幅优美凄清的怨妇望归图。

留春令[1]

画屏天畔[2]，梦回依约[3]，十洲云水[4]。手捻红笺寄人书，写无限、伤春事。　　别浦高楼曾漫倚。对江南千里。楼下分流水声中[5]，有当日、凭高泪。

注释

①留春令：词牌名，晏几道始创，双调，50 字，仄韵。此词依然以带画意之笔写出伤春伤别情态。

②画屏天畔：画屏上最远的地方。

③依约：隐约。

④十洲：道教所传在海中十处仙境。汉东方朔言有《十洲记》载："八方巨海之中，有祖洲、瀛洲、玄洲、炎洲、长洲、元洲、流洲、生洲、凤麟洲、聚窟洲。"

⑤分流：古乐府《白头吟》有"躞蹀御沟上，沟水东西流"句。以水的分流喻人的离别。

思远人①

红叶黄花秋意晚，千里念行客。飞云过尽，归鸿无信，何处寄书得？　　泪弹不尽临窗滴。就砚旋研墨。渐写到别来，此情深处，红笺为无色。

注释

①思远人：词牌名，为晏几道所创，双调，51 字，仄韵。这首词描绘了闺中人的思夫情态。上片写晚秋清冷的景色。烟云飞尽，鸿雁归来，却没带来任何关于丈夫的消息。下片写女子欲寄情思于书信，渴望鱼雁传书，可是难以实现。情到深处，不禁泪眼模糊。

苏轼（1037—1101），字子瞻，号东坡居士，眉山（今属四川）人。宋仁宗嘉祐二年（1057）进士。苏轼的一生是在激烈的政治斗争中度过的，仕途坎坷，几上几下，甚至因“乌台诗案”而被捕入狱，受尽折磨。苏轼是个文艺全才，散文与欧阳修并称“欧苏”，诗与黄庭坚并称“苏黄”，词与辛弃疾并称“苏辛”，且在书法、绘画上也卓有成就。他是唐宋八大家之一，又十分重视文学人才的发现与培养，苏门四学士及其他许多人都受过他的指导。苏轼以诗为词，是词史上从婉约向豪放过渡的关键人物。有《东坡乐府》。

水调歌头[①]

丙辰中秋，欢饮达旦，大醉，作此篇，兼怀子由。

明月几时有，把酒问青天[②]。不知天上宫阙[③]，今夕是何年。我欲乘风归去，又恐琼楼玉宇，高处不胜寒。起舞弄清影，何似在人间！　　转朱阁，低绮户，照无眠[④]。不应有恨，何事长向别时圆[⑤]？人有悲欢离合，月有阴晴圆缺，此事古难全。但愿人长久，千里共婵娟。

注释

①水调歌头：词牌名，双调，95字，平韵，偶有仄韵或平仄混用。

这是一首情味十足、蕴含哲理的词，历来广为传诵。

宋胡仔说："中秋词自东坡《水调歌头》一出，余词尽废。"此词是苏轼41岁为密州太守时所作，当时他和弟弟已经六七年没见面了。作者酒后诗兴大发，对月吟词，展开想象，把天宫、月亮与人的悲欢离合关联起来，言有尽而意无穷。

②明月几时有，把酒问青天：李白《把酒问月》："青天有月来几时？我欲停杯一问之。"

③天上宫阙：指月宫。

④"转朱阁"三句：写月亮照进房中，人不能眠。

⑤何事：为何。

水龙吟[①]

次韵章质夫杨花词[②]

似花还似非花[③]，也无人惜从教坠。抛家傍路，思量却是，无情有思[④]。萦损柔肠[⑤]，困酣娇眼，欲开还闭。梦随风万里，寻郎去处，又还被、莺呼起。　不恨此花飞尽，恨西园、落红难缀。晓来雨过，遗踪何在？一池萍碎。春色三分，二分尘土，一分流水。细看来，不是杨花，点点是离人泪。

注释

①水龙吟：词牌名，出自李白诗句"笛奏水龙吟"。双调，102字，上下片各四仄韵。

②次韵：又叫和韵，即依别人已有诗词的韵脚来作诗填词。章质夫：名楶jié，曾作《水龙吟》咏杨花："燕忙莺懒

芳残，正堤上柳花飘坠。轻飞乱舞，点画青林，全无才思。闲趁游丝，静临深院，日长门闭。傍珠帘散漫，垂垂欲下，依前被风扶起。　　兰帐玉人睡觉，怪春衣雪霑琼缀。绣床旋满，香球无数，才圆却碎。时见蜂儿，仰粘轻粉，鱼吞池水。望章台路杳，金鞍游荡，有盈盈泪。”

这是一首咏物词，而且是次韵，要写得不同凡响很难。然而，苏轼此词写得非常生动而有情味，竟比原词还好，可见其大家风范。

③似花还似非花：用白居易“花非花”语，而取直意，谓杨花不像花。

④无情有思：这是反章词“全无才思”之意，而章词是用韩愈“杨花榆荚无才思，惟解漫天作雪飞”意。

⑤萦损柔肠：谓杨花把人的柔肠萦绕坏了。

永遇乐[①]

彭城夜宿燕子楼，梦盼盼[②]，因作此词。

明月如霜，好风如水，清景无限。曲港跳鱼，圆荷泻露，寂寞无人见。紞如三鼓[③]，铿然一叶[④]，黯黯梦云惊断[⑤]。夜茫茫、重寻无处，觉来小园行遍。　　天涯倦客，山中归路，望断故园心眼。燕子楼空，佳人何在，空锁楼中燕。古今如梦，何曾梦觉，但有旧欢新怨。异时对、黄楼夜景[⑥]，为余浩叹。

注释

①永遇乐：词牌名，始创于柳永，双调，104字，有平韵仄韵二体。

这首词是词人在徐州时所作，词人夜宿燕子楼，梦到了佳人盼盼而引发无限感慨。上片写周围的清美景色和梦醒后茫然若失的心情。下片写梦醒后的种种复杂思绪。全词意境清明，感慨真切，柔而不媚，闲而能深，淡而愈远。

②燕子楼：关盼盼居处，在徐州即古彭城。

盼盼：唐代尚书张愔侍妾关盼盼，善歌舞。张愔死后，盼盼恋念旧情，不肯改嫁，独居燕子楼十年。

③紞dǎn如：形容击鼓声。如，助词。

④铿kēng然：形容金石声。

⑤梦云惊断：指梦见盼盼被惊醒。

⑥黄楼：徐州城东门上的大楼。

洞仙歌①

冰肌玉骨，自清凉无汗②。水殿风来暗香满。绣帘开，一点明月窥人，人未寝，攲枕钗横鬓乱③。　　起来携素手，庭户无声，时见疏星度河汉。试问夜如何？夜已三更，金波淡④，玉绳低转⑤。但屈指西风几时来，又不道流年暗中偷换。

注释

①洞仙歌：词牌名，双调，83字，上下片各三仄韵，

又称"洞仙歌令""羽仙歌""洞中仙"等。这首词原有序:"余七岁时见眉州老尼,姓朱,忘其名,年九十余,自言:尝随其师入蜀主孟昶宫中。一日大热,蜀主与花蕊夫人夜起避暑摩诃池上,作一词,朱具能记之。今四十年,朱已死久矣,人无知此词者。但记其首两句,暇日寻味,岂《洞仙歌令》乎,乃为足之。"可见此词本是五代时蜀君咏花蕊夫人的,前两句为朱尼师亲闻自孟昶,后面遗忘的内容全为东坡所补作,故已转轻艳为凝重。

②冰肌玉骨,自清凉无汗:这两句词是孟昶用来描写花蕊夫人的,极为细腻传神,正是五代花间词的风格。苏东坡说从眉州老尼那儿听来,当无可疑。

③攲yǐ:通"倚"。靠。

④金波:指月光。

⑤玉绳:星名。

卜算子[①]

黄州定惠院寓居作[②]

缺月挂疏桐,漏断人初静[③]。谁见幽人独往来,缥缈孤鸿影。
惊起却回头,有恨无人省。拣尽寒枝不肯栖,寂寞沙洲冷。

注释

①卜算子:词牌名,双调,一片22或23字,仄韵。唐骆宾王作诗多用数目名,人称"卜算子",调名本于此。

这是一首极有意境的词，借月夜孤鸿这一形象表达了词人孤高自许、超然物外的心境。黄庭坚评此词道：“语意高妙，似非吃烟火食人语，非胸中有万卷书，笔下无一点尘俗气，孰能至此！”

②黄州：今湖北省黄冈市。

③漏断：漏壶水已滴尽，表示夜深。

青玉案[①]

和贺方回韵送伯固归吴中[②]

三年枕上吴中路，遣黄犬、随君去[③]。若到松江呼小渡，莫惊鸳鹭，四桥尽是、老子经行处[④]。　《辋川图》上看春暮，常记高人右丞句[⑤]。作个归期天定许，春衫犹是，小蛮针线[⑥]，曾湿西湖雨。

注释

①这是一首赠别词，表达了自己对居家生活的恋念。

②贺方回：即词人贺铸。伯固：苏坚字，苏轼族人。吴中：春秋时吴国旧地，在浙江一带。

③黄犬：据《晋书》载，陆机有犬名黄耳，机在洛阳时，曾把书信系在它脖子上，送至松江家中，并得回信。

④老子：老夫，作者自称。

⑤右丞：即王维，曾隐居辋 wǎng 川别墅，吟诗作画。

⑥小蛮：白居易侍妾名，代指苏轼妾朝云。

江城子[①]

乙卯正月二十日夜记梦

十年生死两茫茫，不思量，自难忘。千里孤坟，无处话凄凉。纵使相逢应不识，尘满面，鬓如霜。　　夜来幽梦忽还乡，小轩窗，正梳妆。相顾无言，惟有泪千行。料得年年肠断处，明月夜，短松冈。

注释

①江城子：词牌名，始见《花间集》韦庄词，单调，35字，七句五平韵。或谓调因欧阳炯词中有“如西子镜照江城”句而取名。其中江城指的是金陵，即今南京。宋人叠为双调，70字。晁补之改其名为“江神子”。此词为宋神宗熙宁八年（1075）正月，苏轼在密州悼念亡妻而作。苏轼妻王弗16岁嫁与苏轼，27岁（1065）病亡，距此词作时刚好十年。此词情真意切，字字伤心，感人至深，堪称千古绝唱，是为苏轼婉约风格的代表作。

临江仙[①]

夜饮东坡醒复醉，归来仿佛三更。家童鼻息已雷鸣，敲门都不应，倚杖听江声。　　长恨此身非我有[②]，何时忘却营营？夜阑风静縠纹平，小舟从此逝，江海寄余生。

注释

①这首词先写了作者当时的经历，之后发表人生感叹，可谓典型的苏轼小词风格。词中塑造了良好的意境，同时寄托了词人遗世的情怀，俨然一首清澹的山水田园诗。

②此身非我有：这是道家和佛家的思想。见《庄子》："汝身非汝有也，汝何得有乎道？"

定风波[①]

莫听穿林打叶声，何妨吟啸且徐行。竹杖芒鞋轻胜马，谁怕！一蓑烟雨任平生。　　料峭春风吹酒醒，微冷，山头斜照却相迎。回首向来萧瑟处，归去，也无风雨也无晴[②]。

注释

①这是一首记行词。序云："三月七日，沙湖道中遇雨。雨具先去，同行皆狼狈，余独不觉。已而遂晴，故作此词。"这首词写词人于风雨之中从容前行，笑傲人生，旷达超逸，活灵活现地勾勒出一个豪放隐士的形象。

②"回首向来萧瑟处"三句：与苏轼《独觉》："翛然独觉午窗明，欲觉犹闻醉鼾声。回首向来萧瑟处，也无风雨也无晴。"后两句几乎完全相同，可见苏轼对这两句的欣赏。

贺新郎[①]

乳燕飞华屋，悄无人、桐阴转午，晚凉新浴。手弄生绡白团扇，扇手一时似玉。渐困倚、孤眠清熟。帘外谁来推绣户？枉教人梦断瑶台曲[②]，又却是、风敲竹。　　石榴半吐红巾蹙[③]，待浮花浪蕊都尽，伴君幽独。秾艳一枝细看取，芳意千重似束。又恐被、西风惊绿。若待得君来向此，花前对酒不忍触。共粉泪、两簌簌[④]。

注释

①贺新郎：又名“贺新凉”“金缕曲”，由于东坡此词有“乳燕飞华屋”句，故又名“乳燕飞”。双调，160字，仄韵。这首词作于宋哲宗元祐五年（1090），苏轼在杭州太守任上，时年55岁。这是一首写闺怨的慢词，于苏轼极为少见。上片叙事写景，下片专咏榴花，借花取喻，人花合一，表现出一种幽独之情态。

②梦断瑶台曲：惊醒瑶台仙梦。

③蹙：皱缩。

④共粉泪、两簌簌：谓女子眼泪与榴花共落。

秦观（1049—1100），字少游，又字太虚，号淮海居士，高邮（今属江苏）人，神宗元丰八年（1085）进士。他是苏门四学士之一，擅诗文，尤工词，是婉约派的重要词人，北宋大家，与黄庭坚并称“秦七黄九”。有《淮海集》。

望海潮[①]

梅英疏淡，冰澌溶泄，东风暗换年华。金谷俊游，铜驼巷陌[②]，新晴细履平沙[③]。长记误随车[④]。正絮翻蝶舞，芳思交加。柳下桃蹊，乱分春色到人家。　　西园夜饮鸣笳[⑤]。有华灯碍月，飞盖妨花。兰苑未空，行人渐老，重来是事堪嗟[⑥]！烟暝酒旗斜[⑦]。但倚楼极目，时见栖鸦。无奈归心，暗随流水到天涯。

注释

①望海潮：词牌名，柳永所创。双调，107字，平韵。这是一首怀念旧游之作，将眼前萧瑟景象与昔日繁华景象对照，写出一种慨叹年华流逝的淡淡哀愁。在风格上与苏轼的豪放正好相反，幽婉含蓄，精细入微。

②金谷：金谷园。晋石崇所建的别墅名园，常在此招待宾客，饮宴游玩。铜驼：汉代洛阳街名，两侧有铜驼相对立。金谷园与铜驼街均为游乐胜地，用来代指汴京繁华街巷。

③细履：指细小的鞋印。

④误随车：语出韩愈《嘲少年》："只知闲信马，不觉误随车。"

⑤西园：汴京附马都尉王诜的花园，苏门众文士曾于此集会。

⑥是事：凡事，事事。

⑦暝：日暮。

八六子[①]

倚危亭、恨如芳草，萋萋刬尽还生[②]。念柳外青骢别后[③]，水边红袂分时[④]，怆然暗惊[⑤]。　无端天与娉婷[⑥]，夜月一帘幽梦，春风十里柔情。怎奈向[⑦]、欢娱渐随流水，素弦声断，翠绡香减。那堪片片飞花弄晚，濛濛残雨笼晴。正销凝[⑧]，黄鹂又啼数声。

注释

①八六子：词牌名，最早见于《尊前集》中杜牧的作品(以六字句为主)，后很少出现。此词的格律尖新，平韵中间又用仄韵。

本词作于元丰三年（1080），是一首怀人之作，表达对一位昔日相识的歌女的思念之情。全词绘景叙事抒情，委婉曲折，写尽心中无限恨事。有说秦观亦借此词表达仕途不满之意。

②刬chǎn：铲除。

③青骢 cōng：青白色的马。

④袂 mèi：衣袖。

⑤怆 chuàng：悲伤。

⑥娉婷 pīngtíng：姿态美好的样子。

⑦怎奈向：奈何。

⑧销凝：销魂、凝神。

满庭芳[①]

山抹微云[②]，天黏衰草[③]，画角声断谯门[④]。暂停征棹，聊共引离尊[⑤]。多少蓬莱旧事[⑥]，空回首，烟霭纷纷。斜阳外，寒鸦万点，流水绕孤村[⑦]。　　消魂。当此际，香囊暗解，罗带轻分[⑧]。漫赢得青楼，薄幸名存[⑨]。此去何时见也，襟袖上，空惹啼痕。伤情处，高城望断，灯火已黄昏。

注释

①满庭芳：词牌名，又名“锁阳台”“满庭霜”“潇湘夜雨”等。双调，95 字，平韵。

这是一首写离情别绪的词，思想感情、表达手法都很简单，而笔意极工。句句都是传神的名句。更有当先一个“抹”字，实在是妙不可言，为秦观赢得一个“山抹微云君”的称号。

②抹：涂抹。

③黏：一作“连”。

④谯qiáo门：建有瞭望楼的城门。

⑤尊：通“樽”。

⑥蓬莱：上古神话中渤海里仙人居住的三座神山之一。

⑦寒鸦万点，流水绕孤村：语出杨广《断句》：“寒鸦飞数点，流水绕孤村。斜阳欲落处，一望黯销魂。”

⑧香囊暗解，罗带轻分：指与情侣分别，男女交换定情物。

⑨漫赢得青楼，薄幸名存：语出唐杜牧《遣怀》：“落魄江湖载酒行，楚腰纤细掌中轻。十年一觉扬州梦，赢得青楼薄幸名。”

满庭芳[①]

晓色云开，春随人意，骤雨才过还晴。古台芳榭，飞燕蹴红英[②]。舞困榆钱自落[③]，秋千外、绿水桥平。东风里，朱门映柳，低按小秦筝。　　多情，行乐处，珠钿翠盖，玉辔红缨。渐酒空金榼[④]，花困蓬瀛[⑤]。豆蔻梢头旧恨，十年梦、屈指堪惊[⑥]。凭阑久，疏烟淡日，寂寞下芜城[⑦]。

注释

①这是一首闲情词，写词人春游的所见所感。上片对眼前的景象观察极为细致：雨过天晴，春光明媚，飞燕追逐着落花，榆钱在空中飞舞，秋千外绿水盈岸……下片劈头就是“多情”二字，后面都是写多情的表现，

可见作者有一颗敏感的心。

②蹴cù红英：追逐落花。

③舞困榆钱自落：指榆钱在空中飞舞，舞得困乏了便落地。

④榼kē：酒器。

⑤蓬瀛：蓬莱与瀛洲两座海外仙山。这里指游乐场。

⑥“豆蔻梢头”二句：化用杜牧两句诗：“娉娉袅袅十三余，豆蔻梢头二月初”，“十年一觉扬州梦，赢得青楼薄幸名”。

⑦芜城：扬州的别名。

减字木兰花[①]

天涯旧恨，独自凄凉人不问。欲见回肠，断尽金炉小篆香[②]。　　黛蛾长敛[③]，任是春风吹不展。困倚危楼，过尽飞鸿字字愁[④]。

注释

①减字木兰花：词牌名。又名“偷声木兰花”。比“木兰花”每联少三字，且平仄换韵，给人一种局促感。这是一首思远人的词，对少妇情态刻画入微。

②篆zhuàn香：即盘香。

③黛蛾：女子之眉。

④字：雁飞所排成的“一”或“人”字。

浣溪沙[①]

漠漠轻寒上小楼，晓阴无赖似穷秋。淡烟流水画屏幽。　　自在飞花轻似梦，无边丝雨细如愁。宝帘闲挂小银钩。

注释

①这是一首闲情词。写得细密精巧耐人寻味。

阮郎归[①]

湘天风雨破寒初[②]，深沉庭院虚。丽谯吹罢《小单于》[③]，迢迢清夜徂[④]。　　乡梦断，旅魂孤。峥嵘岁又除[⑤]。衡阳犹有雁传书，郴阳和雁无[⑥]。

注释

①这首词为作者贬居郴州除夕日作，通过风雨、号角、清夜、乡梦、旅魂、雁等多种意象表现了作者真切的思乡之情。

②湘：湖南。

③丽谯：即谯楼。《小单于》：唐代大角曲名。

④徂 cú：消逝。

⑤峥嵘：形容岁月逝去。

⑥郴 chēn 阳：即郴州，在衡阳南。

晁端礼（1046—1113），名一作元礼，字次膺，祖居清丰，徙家彭门（今江苏徐州）。熙宁六年（1073）进士，两为县令，得罪上官而废徙。后以承事郎为大晟府协律，未及就职而卒。有词集《闲斋琴趣外篇》六卷。

绿头鸭[①]

晚云收，淡天一片琉璃。烂银盘、来从海底[②]，皓色千里澄辉。莹无尘、素娥澹伫[③]，静可数、丹桂参差[④]。玉露初零[⑤]，金风未凛，一年无似此佳时。露坐久，疏萤时度，乌鹊正南飞[⑥]。瑶台冷，阑干凭暖[⑦]，欲下迟迟。　　念佳人音尘别后，对此应解相思。最关情、漏声正永，暗断肠、花影偷移。料得来宵，清光未减，阴晴天气又争知？共凝恋，如今别后，还是隔年期。人强健，清樽素影，长愿相随。

注释

①绿头鸭：词牌名，又名“多丽”，相传本为妓女名。双调，有平韵、仄韵两体，平韵139字，仄韵140字。此为平韵。

这是一首中秋赏月怀远人的词。上片主要写月亮及月下美景。下片写对情人的思念，以及离别之后会面无期的怨恨。

②烂银盘：灿烂的月亮。见唐卢仝《月蚀诗》：“烂银

盘从海底出，出来照我草屋东。”

③莹：光亮透明。素娥：嫦娥。伫：伫立。

④丹桂：传说月中有桂树。

⑤零：飘零。

⑥乌鹊正南飞：曹操《短歌行》：“月明星稀，乌鹊南飞。”

⑦阑干凭暖：把栏杆凭靠暖了。

赵令畤（1051—1134），字景贶，又字德麟，自号聊复翁，又号藏六居士，宋宗室。绍兴初，袭封安定郡王，迁同知行在大宗正事。与苏轼有交谊，也多唱和，但风格各异。

蝶恋花[①]

欲减罗衣寒未去，不卷珠帘，人在深深处[②]。红杏枝头花几许[③]？啼痕止恨清明雨。　　尽日沉烟香一缕，宿酒醒迟[④]，恼破春情绪。飞燕又将归信误[⑤]，小屏风上西江路[⑥]。

注释

①这是一首闺情词，步欧晏词风，用词简练，清超绝俗。

②深深处：语出欧阳修《蝶恋花》“庭院深深深几许”，表示幽深无人的庭院。

③红杏枝头：语本宋祁《木兰花》“红杏枝头春意闹”句。

④宿酒：隔夜残存的酒。

⑤飞燕又将归信误：用飞燕传书的典故。

⑥小屏风上西江路：用晏殊句法：“梧桐叶上萧萧雨。”

蝶恋花[①]

卷絮风头寒欲尽。坠粉飘香，日日红成阵[②]。新酒又添残酒困。今春不减前春恨。　　蝶去莺飞无处问。隔水高楼，望断双鱼信。恼乱横波秋一寸[3]。斜阳只与黄昏近。

注释

①这首词写主人翁对远方情人的怀念。春去花落，情人杳无音信，时又黄昏，主人翁心中充满忧愁怨恨。

②红成阵：落花成阵。

③横波秋一寸：即秋波一寸，喻女子清澈明亮的眼波。

清平乐[1]

春风依旧，着意隋堤柳[2]。搓得鹅儿黄欲就[3]，天气清明时候。　　去年紫陌青门，今宵雨魄云魂[4]。断送一生憔悴，只消几个黄昏。

注释

①这是一首伤春怀人之作。先写景，后抒情。词的亮点在最后一句："断送一生憔悴，只消几个黄昏。"

②隋堤柳：隋炀帝开通济渠，沿渠筑堤，堤上栽柳。

③鹅儿黄：指雏鹅的浅黄色。

④雨魄云魂：谓人去如云消雨散。

晁补之（1053—1110），字无咎，晚号归来子，济州巨野（今属山东）人。苏门四学士之一。文与词受苏轼影响较深。

水龙吟[①]

次韵林圣予惜春

问春何苦匆匆，带风伴雨如驰骤。幽葩细萼，小园低槛，壅培未就[②]。吹尽繁红，占春长久，不如垂柳。算春常不老[③]，人愁春老，愁只是、人间有。　春恨十常八九，忍轻辜、芳醪经口[④]。那知自是，桃花结子[⑤]，不因春瘦[⑥]。世上功名，老来风味，春归时候。纵樽前痛饮，狂歌似旧，情难依旧。

注释

①这是一首和韵的惜春词，从惜花写到惜春，再言及理趣。

②壅培：培土。

③老：残。

④芳醪 láo：美酒。

⑤那：哪。此句语出王建《宫词》："树头树底觅残红，一片西飞一片东。自是桃花贪结子，错教人恨五更风。"

⑥春瘦：春日瘦削。宋代许多词人很喜欢用"瘦"字（一如用"老"字），如说花瘦春瘦，甚至天瘦，以求新奇。

忆少年[①]

别历下

无穷官柳，无情画舸[②]，无根行客。南山尚相送，只高城人隔。　　罨画园林溪绀碧[③]，算重来、尽成陈迹。刘郎鬓如此[④]，况桃花颜色。

注释

①忆少年：词牌名，晁补之所创。又名“十二时”“桃花曲”“陇首山”。双调，46字，仄韵。

这是一首感叹宦海沉浮之作。开头连用三个相同句式，起到了很好的抒情效果。次句写人别高城入南山，巧用比拟，情味顿时彰显。下片悬想他年重来历下，罨画园林都将成为陈迹，人也尘满鬓霜。并借刘禹锡的凄惨遭遇，衬托出已身的悲凉。

②画舸gě：彩船。

③罨yǎn画：杂色彩画。绀gàn：深青色。

④刘郎：刘禹锡，他写了两首桃花诗，《戏赠看花诸君子》：“紫陌红尘拂面来，无人不道看花回。玄都观里桃千树，尽是刘郎去后栽。”《再游玄都观》：“百亩庭中半是苔，桃花净尽菜花开。种桃道士归何处，前度刘郎今又来。”

洞仙歌[1]

泗州中秋作

青烟幂处[2]，碧海飞金镜[3]。水夜闲阶卧桂影。露凉时，零乱多少寒螀[4]，神京远，惟有蓝桥路近[5]。　　水晶帘不下，云母屏开，冷浸佳人淡脂粉。待都将许多明，付与金尊，投晓共流霞倾尽[6]。更携取胡床上南楼[7]，看玉做人间，素秋千顷。

注释

①这是一首中秋赏月词，词意虽浅，而境界高远，有几分仙逸之气。

②幂：笼罩。

③碧海：指青天。金镜：指月亮。

④螀 jiāng：蝉的一种。

⑤蓝桥：今陕西蓝田县西南蓝溪之上桥，相处蓝桥有仙窟，唐裴航于此遇仙女。借指仙境。

⑥流霞：仙酒名。

⑦胡床：交椅。

晁冲之 生卒年不详。字叔用，系晁补之从弟。举进士，绍圣初年，因党争被逐，隐居河南禹县具茨山。有《具茨集》十卷。

临江仙[①]

忆昔西池池上饮[②]，年年多少欢娱。别来不寄一行书。寻常相见了，犹道不如初。　　安稳锦屏今夜梦，月明好渡江湖。相思休问定何如。情知春去后，管得落花无?

注释

①这是一首忆旧词。这首词在结构上没有做什么精心安排，完全从胸臆中流出，平淡而深情，处处彰显出作者对天意人事的悲叹与无奈。

②西池：即金明池，在汴京西，为京师游观胜地。

舒亶（1041—1103），字信道，号懒堂，慈溪（今属浙江）人。治平二年（1065）举进士第一，累迁御史中丞，与李定同弹劾苏轼，酿成“乌台诗案”。

虞美人[1]

芙蓉落尽天涵水，日暮沧波起。背飞双燕贴云寒，独向小楼东畔倚阑看。　　浮生只合尊前老[2]，雪满长安道。故人早晚上高台，赠我江南春色一枝梅[3]。

注释

①这是一首怀念友人的词。上片写词人傍晚在小楼上欣赏冬景。下片写自己对酒无聊，盼望江南友人送梅来给雪天长安增添一分春意。全词传达出作者内心孤独，渴望得到友情慰藉的心情。

②合：应当。韦庄《菩萨蛮》：“人人尽说江南好，游人只合江南老。”

③赠我江南春色一枝梅：语出陆凯《赠范晔》：“折花逢驿使，寄与陇头人。江南无所有，聊赠一枝春。”

朱服（1048—？），字行中，乌程（今浙江湖州）人，熙宁六年（1073）进士。

渔家傲[①]

小雨纤纤风细细，万家杨柳青烟里。恋树湿花飞不起。愁无比，和春付与东流水。　九十光阴能有几？金龟解尽留无计[②]。寄语东阳沽酒市[③]。拼一醉，而今乐事他年泪。

注释

①渔家傲：词牌名，又名“荆溪咏”“游仙咏”“绿蓑令”“吴门柳”等。双调，62字，仄韵。后转为曲牌，调式与词牌不同。

这是一首春游词，因天公不作美，作者心情不畅，从而感叹人生无常，抒发内心忿懑。

②金龟解尽：唐时三品以上官佩金龟，为身份象征。金龟解尽，即彻底离职，退出官场。后文言及沽酒，用李白金龟换酒之典。

③东阳：古郡名，在今浙江省。

毛滂 （1061—？），字泽民，江山（今属浙江）人，为杭州法曹，受知于苏轼。其词富情韵，另树一格。有《东堂词》。

惜分飞[①]

富阳僧舍代作别语赠妓琼芳[②]

泪湿阑干花着露，愁到眉峰碧聚。此恨平分取，更无言语空相觑[③]。　断雨残云无意绪，寂寞朝朝暮暮。今夜山深处，断魂分付潮回去。

注释

①惜分飞：词牌名，初见于毛滂《东堂词》。双调，50字，平韵。

这首词是“代作别语”，并非自己真要与爱妓琼芳分别。全词尽作绮语，写得缠绵悱恻。首句“泪湿阑干花着露”，轻绮之风就显露无余。接下来“眉峰碧聚”“空相觑”“无意绪”，句句柔媚。最后一句说，把断魂让潮水带回去相见，婉切之至。

②富阳：地名，在杭州之南。

③觑：偷视。

陈克（1081—？），字子高，自号赤城居士，临海（今属浙江）人。曾与吴若共著《东南防守便利》三卷，陈述抗金方略。其词风婉丽，袭“花间派”。

菩萨蛮[①]

赤阑桥尽香街直，笼街细柳娇无力。金碧上青空[②]，花晴帘影红。　　黄衫飞白马[③]，日日青楼下。醉眼不逢人，午香吹暗尘。

注释

①这首词是一首写闲情之作。上片以平淡语写静景，显得情致绵绵、旖旎柔媚。下片以精细语写动景，生动鲜明、真实细腻，“醉眼不逢人”一句，有点睛之力。

②金碧：指大街两旁金碧辉煌的建筑物。

③黄衫：隋唐时华贵服装，代指富家子弟。

菩萨蛮[①]

绿芜墙绕青苔院，中庭日淡芭蕉卷。蝴蝶上阶飞，烘帘自在垂。　　玉钩双语燕，宝甃杨花转[②]。几处簸钱声[③]，绿窗春睡轻。

注释

①这首词着力描写庭院的幽深宁静，静景与动景结合，

显示出夏日闲适之趣，表现手法颇妙。

②甃 zhòu：井壁。

③簸 bǒ 钱：赌钱游戏。

李元膺 生卒年不详，东平（今属山东）人，南京（今河南商丘）教官。绍圣间，李孝美作《墨谱法式》，元膺为序。赵万里辑有《李元膺词》一卷。

洞仙歌[①]

雪云散尽，放晓晴池院。杨柳于人便青眼。更风流多处，一点梅心，相映远，约略颦轻笑浅。　　一年春好处，不在浓芳，小艳疏香最娇软。到清明时候，百紫千红，花正乱，已失春风一半。早占取韶光共追游，但莫管春寒，醉红自暖[②]。

注释

①这是一首赞美春光之词。原序云：“一年春物，惟梅柳间意味最深，至莺花烂漫时，则春已衰迟，使人无复新意。余作《洞仙歌》，使探春者歌之，无后时之悔。”纯粹描写美好的春景，而不以为写情寓意的手段，这种诗词在古代很少见。

②醉红：喝醉了脸红。

时彦（？—1107），**字邦美，开封人，元丰二年（1079）进士第一。历官兵部员外郎、吏部尚书等。**

青门饮[①]

胡马嘶风，汉旗翻雪，彤云又吐[②]，一竿残照。古木连空[③]，乱山无数，行尽暮沙衰草。星斗横幽馆，夜无眠、灯花空老。雾浓香鸭[④]，冰凝泪烛，霜天难晓。　　长记小妆才了，一杯未尽，离怀多少。醉里秋波，梦中朝雨，都是醒时烦恼。料有牵情处，忍思量、耳边曾道。甚时跃马归来，认得迎门轻笑。

注释

①青门饮：词牌名，不同于《青门引》，以秦观词为正调。这是一首边塞思家词。上片写边塞凄凉景色，下片写自己的情思，想象两人在一起时的情形。

②彤云：红霞。

③木：树。

④香鸭：指鸭形香炉。

李之仪（约1035—1117），字端叔，自号姑溪居士，沧州无棣（今属山东）人。宋神宗时进士，曾从苏轼于定州幕府。后累官至枢密院编修官。徽宗初年，以文章获罪。有《姑溪词》。

谢池春[①]

残寒消尽，疏雨过，清明后。花径敛余红[②]，风沼萦新皱[③]。乳燕穿庭户，飞絮沾襟袖。正佳时，仍晚昼。着人滋味，真个浓如酒。　频移带眼[④]，空只恁、厌厌瘦[⑤]。不见又思量，见了还依旧。为问频相见，何似长相守？天不老，人未偶。且将此恨，分付庭前柳。

注释

①谢池春：词牌名，源于谢灵运名句“池塘生春草”。有多种格体，均为双调。

这是一首怨别词，上片写景，下片抒情，表达得比较委婉。

②敛：留。

③风沼萦新皱：化用冯延巳《谒金门》“风乍起，吹皱一池春水”句。

④频移带眼：经常移动腰带的扣眼，比喻日渐消瘦。

⑤厌厌：通“恹恹 yān”。无精打采的样子。

卜算子[①]

我住长江头，君住长江尾。日日思君不见君，共饮长江水。　　此水几时休，此恨何时已。只愿君心似我心，定不负相思意。

注释

①这首词写相思之情，吸取了民间情歌的表现方式，清纯而极有风味，为词中难得的佳作。

周邦彦（1056—1121），字美成，号清真居士，钱塘（今杭州）人。元丰初，游京师，七年献《汴都赋》，为神宗所赏，擢升为太学正。其词语言浓丽，风格典雅，格律精深，多以困愁、离绪为题材，内容较窄，上承温庭筠、柳永之风，下开吴文英、史达祖一派。有《片玉集》。

瑞龙吟[①]

章台路，还见褪粉梅梢，试花桃树。愔愔坊陌人家[②]，定巢燕子，归来旧处。　　黯凝伫，因念个人痴小[③]，乍窥门户。侵晨浅约宫黄[④]，障风映袖，盈盈笑语。　　前度刘郎重到[⑤]，访邻寻里，同时歌舞，惟有旧家秋娘[⑥]，声价如故。吟笺赋笔，犹记燕台句[⑦]。知谁伴、名园露饮，东城闲步？事与孤鸿去。探春尽是，伤离意绪。官柳低金缕。归骑晚，纤纤池塘飞雨。断肠院落，一帘风絮。

注释

①瑞龙吟：词牌名，为周邦彦自度曲。长调三叠，133字，仄韵。

这是一首感怀词，写尽人世沧桑之感。在结构安排上颇具匠心，宛如一幅写意连环画展现在人们眼前。全词上片写旧地重游的所见，平淡中有深情。中片回想当年旧事，宛若目前。下片写物是人非的境况，多种意象错综写来，把作者彷徨无奈、了无着落、触目伤怀的复杂情感，淋漓尽致地表现出来。

②愔愔yīn：安静的样子。

③个人：人儿。

④浅约宫黄：淡着脂粉。

⑤前度刘郎重到：语出刘禹锡《再游玄都观》："百亩庭中半是苔，桃花净尽菜花开。种桃道士归何处，前度刘郎今又来。"词人以刘郎自比。

⑥秋娘：唐金陵歌妓杜秋娘。这里代指歌妓。

⑦燕台句：指赠给恋人的诗句。词出李商隐《梓州罢吟寄同舍》："长吟远下燕台去，惟有衣香染未销。"

风流子①

新绿小池塘，风帘动、碎影舞斜阳。羡金屋去来，旧时巢燕；土花缭绕②，前度莓墙。绣阁里，凤帏深几许，听得理丝簧③。欲说又休，虑乖芳信④；未歌先咽，愁近清觞。　　遥知新妆了，开朱户，应自待月西厢⑤。最苦梦魂，今宵不到伊行⑥。问甚时说与，佳音密耗⑦，寄将秦镜⑧，偷换韩香⑨？天便教人，霎时厮见何妨！

注释

①风流子：原唐教坊曲，后为词牌，又称"内家娇"。有单调及双调两体。双调体 109 字，平韵。

这是一首描写相思之情的词作，可谓一篇简短的《西厢记》。全词以景入篇，“旧时”“前度”，暗示曾与佳人于此欢会，而今却欲见不能，空羡燕苔。如果音讯全无也就罢了，偏又听到伊人在深闺弹琴，想必也在黯自伤神。多么想与她再见上一面啊，哪怕是在梦中！最后一句“天便教人霎时厮见何妨”，满怀深情跃然纸上。

②土花：苔藓。

③丝簧：泛指乐器。

④乖：违。

⑤待月西厢：语出元稹《会真记》：“待月西厢下，迎风户半开。拂墙花影动，疑是玉人来。”

⑥伊行：她身边。

⑦耗：消息，音信。

⑧秦镜：汉末秦嘉赠其妻徐淑的明镜。

⑨韩香：晋贾充女贾午暗恋韩寿，窃香赠之。

兰陵王[①]

柳阴直，烟里丝丝弄碧。隋堤上、曾见几番，拂水飘绵送行色。登临望故国，谁识京华倦客？长亭路，年去岁来，应折柔条过千尺[②]。　闲寻旧踪迹，又酒趁哀弦，灯照离席。梨花榆火催寒食[③]。愁一箭风快，半篙波暖，回头迢递便数驿，望人在天北。　凄恻，恨堆积！渐别浦萦回，津堠岑寂[④]，斜阳冉冉春无极。念月榭携手，露桥闻笛。沉思前事，似梦里，泪暗滴。

注释

①兰陵王：《碧鸡漫志》卷四引《北齐史》及《隋唐嘉话》称：“齐文襄之子恭，封兰陵王。与周师战，尝着假面对敌，击周师金墉城下，勇冠三军。武士共歌谣之，曰《兰陵王入阵曲》。今《越调·兰陵王》，凡三段，二十四拍，或曰遗声也。”130字，分三片。上片七仄韵，中片五仄韵，下片六仄韵，宜入声韵。

这是一首咏柳词，借咏柳写别情。结构严整，层层铺叙，笔意曲折，既耐读又费解。

②折柔条：古有折柳条送别的习俗。

③榆火催寒食：古代以清明前一到二日为寒食节，禁用火。唐宋时，到清明前夕，朝廷取榆柳之火赐百官。

④津堠：渡口码头上守望的地方。

琐窗寒[①]

暗柳啼鸦，单衣竚立，小帘朱户。桐花半亩，静锁一庭愁雨。洒空阶、夜阑未休，故人剪烛西窗语[②]。似楚江暝宿，风灯零乱，少年羁旅。　　迟暮，嬉游处，正店舍无烟，禁城百五[③]。旗亭唤酒[④]，付与高阳俦侣[⑤]。想东园、桃李自春，小唇秀靥今在否？到归时、定有残英，待客携尊俎[⑥]。

注释

①琐窗寒：词牌名，周邦彦此词首创，双调，99字，仄韵。这首词写词人失意离开京城，辞别心上人南去的忧伤心情。沉郁哀婉，含蓄有致。上片借“暗柳”“啼鸦”来烘托气氛，抒发自己对羁旅生活的厌倦和对家乡的思念，以及对故友亲朋的怀念。下片依然铺叙当前的情景，并设想他日回乡的情景。全词格调暗淡舒缓，情深意密。

②剪烛西窗语：语出李商隐《夜雨寄北》：“何当共剪西窗烛，却话巴山夜雨时。”

③禁城百五：冬至后一百零五天为寒食节，禁火吃冷食。

④旗亭：酒楼。

⑤高阳俦chóu侣：指酒友。汉郦食其yìjī自称高阳酒徒以谒刘邦。

⑥尊俎zǔ：指宴席。

六　丑[①]

蔷薇谢后作

正单衣试酒，怅客里光阴虚掷。愿春暂留，春归如过翼[②]，一去无迹。为问家何在？夜来风雨，葬楚宫倾国[③]。钗钿堕处遗香泽[④]。乱点桃蹊，轻翻柳陌。多情为谁追惜？但蜂媒蝶使，时叩窗槅。　东园岑寂，渐蒙笼暗碧。静绕珍丛底，成叹息。长条故惹行客。似牵衣待话，别情无极。残英小，强簪巾帻[⑤]；终不似、一朵钗头颤袅，向人攲侧。漂流处，莫趁潮汐。恐断红尚有相思字[⑥]，何由见得。

注释

①六丑：词牌名。此为周邦彦创作的“中吕调”曲。据周密《浩然斋雅谈》，周邦彦曾对宋徽宗云：“此犯六调，皆声之美者，然绝难歌。昔高阳氏有子六人，才而丑，故以比之。”140字，上片八仄韵，下片九仄韵。例用入声部韵，诸领格字并用去声。

这又是一首周氏风格的咏物词。名为咏蔷薇花谢，实则自叹身世飘零。写得回环曲折，含蓄而沉郁，不堪卒读。

②过翼：飞鸟。

③倾国：本指美人，此喻落花。

④钗钿diàn：女子所戴的首饰。喻落花。

⑤帻zé：古代的一种头巾。

⑥断红尚有相思字：用红叶题诗传情典故。

夜飞鹊[①]

河桥送人处[②]，良夜何其[③]？斜月远堕余辉。铜盘烛泪已流尽，霏霏凉露沾衣。相将散离会[④]，探风前津鼓[⑤]，树杪参旗[⑥]。花骢会意，纵扬鞭、亦自行迟。　　迢递路回清野，人语渐无闻，空带愁归。何意重经前地，遗钿不见[⑦]，斜径都迷。

兔葵燕麦[8]，向斜阳、影与人齐。但徘徊班草[9]，欷歔酹酒[10]，极望天西。

注释

①夜飞鹊：词牌名，始见周邦彦《清真集》。名出曹操短歌行“月明星稀,乌鹊南飞”诗句。双调,107字,平韵。这是一首送别词，从头到尾都着力铺写意境。从将行写至远送，又写去后怀望之情，层次井然，营造出一种浓厚的氛围。

②河桥送人：出自宋之问《送杜审言》：“河桥不相送，江树远含情。”

③夜何其：夜何时。语本《诗经·小雅·庭燎》：“夜如何其？夜未央。”

④相将 jiāng：相随。

⑤津鼓：渡头用的号鼓。

⑥杪 miǎo：树梢。

参 shēn 旗：星宿名，二十八宿之参宿与箕宿。

⑦遗钿：本指杨贵妃花钿委地，此指落花。

⑧兔葵、燕麦：植物名。

⑨班草：布草而坐。

⑩欷歔：叹息声。

满庭芳[1]

夏日溧水无想山作

风老莺雏，雨肥梅子[2]，午阴嘉树清圆[3]。地卑山近，衣润费炉烟[4]。人静乌鸢自乐[5]，小桥外、新绿溅溅[6]。凭阑久，黄芦苦竹[7]，疑泛九江船。　　年年，如社燕[8]，飘流瀚海，来寄修椽[9]。且莫思身外，长近尊前。憔悴江南倦客，不堪听急管繁弦。歌筵畔，先安簟枕[10]，容我醉时眠。

注释

①这是一首夏日感怀词。为周邦彦任溧水县令时所作。

②风老莺雏，雨肥梅子：风吹老了雏莺，雨滴肥了梅子。此种笔调极为尖新。

③清圆：本属音乐用语，此用来形容树影。如苏轼《次韵子由柳湖感物》：“夜爱疏影摇清圆。”又如《苏幕遮》：“叶上初阳干宿雨，水面清圆，一一风荷举。”

④衣润费炉烟：谓地势低下，衣服潮湿，需费炉熏烤。

⑤乌鸢 yuān：乌鸦和老鹰。

⑥溅溅 jiān：急流水声。

⑦黄芦苦竹：语本白居易《琵琶行》：“住近湓江地低湿，黄芦苦竹绕宅生。”

⑧社燕：燕子春社时来，秋社时去，故称社燕。

⑨修椽 chuán：长椽子。形容屋檐高大。

⑩簟 diàn：竹席。

过秦楼[1]

水浴清蟾[2]，叶喧凉吹，巷陌马声初断。闲依露井，笑扑流萤[3]，惹破画罗轻扇。人静夜久凭阑，愁不归眠，立残更箭[4]。叹年华一瞬，人今千里，梦沉书远。　　空见说、鬓怯琼梳，容清金镜[5]，渐懒趁时匀染[6]。梅风地溽[7]，虹雨苔滋[8]，一架舞红都变[9]。谁信无聊为伊，才减江淹[10]，情伤荀倩[11]。但明河影下[12]，还看稀星数点。

注释

①过秦楼：词牌名。调见《乐府雅词》，作者李甲。因词中有“曾过秦楼”句，取以为名。双调，109字，仄韵。

这是一首秋夜感怀词，而词句雕琢极精，几乎是由一个又一个的典故堆砌而成。

②蟾：传说月中有玉兔有蟾蜍，故蟾兔皆用以代指月亮。

③扑流萤：语出杜牧《秋夕》：“银烛秋光冷画屏，轻罗小扇扑流萤。”

④更箭：古代计时器。铜壶盛水，壶中立箭。

⑤鬓怯琼梳，容清金镜：此为尖新句式，意为梳头怕见鬓，照镜见形容消瘦。

⑥趁时：赶时髦。匀染：涂脂抹粉。

⑦梅风：梅上吹来的风。溽rù：湿润。

⑧虹雨：彩虹化成的雨。

⑨舞红：飘舞的落花。

⑩才减江淹：传说江淹年少时，梦中人授五色笔，因而文采非凡。后梦郭璞将其笔索回，自此诗文失色，人称“江郎才尽”。

⑪荀倩：三国时魏玄学家荀粲，字奉倩。娶曹洪之女为妻，生活美满。不料，不久妻子重病，不治而亡。荀粲悲痛过度，旋即亦亡，年仅 29 岁。

⑫明河：银河。

花　犯[1]

粉墙低，梅花照眼，依然旧风味。露痕轻缀。疑净洗铅华[2]，无限佳丽。去年胜赏曾孤倚。冰盘同燕喜。更可惜、雪中高树，香篝熏素被[3]。　　今年对花最匆匆，相逢似有恨，依依愁悴[4]。吟望久，青苔上、旋看飞坠。相将见、翠丸荐酒[5]，人正在、空江烟浪里。但梦想、一枝潇洒，黄昏斜照水[6]。

注释

①花犯：周邦彦所创词调。双调，102 字，仄韵。

这是一首咏梅词。借咏梅抒发自己宦游无定、四处漂泊的感伤。

②铅华：搽脸的粉。

③香篝 gōu：熏笼。罩在燃香料的炉子上，供熏衣被用。

④愁悴：一作“憔悴”。

⑤翠丸：指梅子。荐：进献。

⑥一枝潇洒，黄昏斜照水：这是化用林逋咏梅名句“疏影横斜水清浅，暗香浮动月黄昏”。

大 酺[①]

对宿烟收，春禽静，飞雨时鸣高屋。墙头青玉旆[②]，洗铅霜都尽，嫩梢相触。润逼琴丝，寒侵枕障，虫网吹粘帘竹。邮亭无人处，听檐声不断，困眠初熟。奈愁极频惊，梦轻难记，自怜幽独。　　行人归意速，最先念、流潦妨车毂[③]。怎奈向、兰成憔悴[④]，卫玠清羸[⑤]，等闲时、易伤心目。未怪平阳客[⑥]，双泪落、笛中哀曲。况萧索、青芜国。红糁铺地[⑦]，门外荆桃如菽[⑧]。夜游共谁秉烛[⑨]？

注释

①大酺pú：词牌名。唐教坊曲有《大酺乐》，宋人借旧曲以制新调，133字，仄韵。

这是一首对雨言怀词，全用铺叙，下片中写人在雨中自怜自悲之情，为主旨所在。

②青玉旆pèi：指树叶。

③流潦lǎo妨车毂gǔ：道路积水妨碍行车。

④兰成：庾信（513—581），小字兰成，初仕梁，出使西魏，值梁乱被留，后仕周，长期羁留北方，怀念南方乡土，作《哀江南赋》以寄乡思。

⑤卫玠jiè：晋美男子，身体羸弱，每入市被人围观，成病而死。

⑥平阳客：指东汉马融（79—166）。他性好音乐，一次在平阳客店听人吹笛，触动愁思，遂作《长笛赋》以抒旅愁。

⑦红糁sǎn：指落花。

⑧荆桃：即樱桃。菽：豆子。

⑨夜游共谁秉烛：语出《古诗十九首》："昼短苦夜长，何不秉烛游。"

解语花[①]

上元

风销绛蜡，露浥红莲[②]，花市光相射。桂华流瓦。纤云散，耿耿素娥欲下。衣裳淡雅。看楚女、纤腰一把。箫鼓喧，人影参差，满路飘香麝。　　因念都城放夜[③]。望千门如昼，嬉笑游冶。钿车罗帕。相逢处，自有暗尘随马[④]。年光是也。惟只见、旧情衰谢。清漏移，飞盖归来[⑤]，从舞休歌罢。

注释

①解语花：词牌名。据《开元天宝遗事》记载："帝（唐明皇）与妃子（杨贵妃）共赏太液池千叶莲，指妃子与左右曰：'何如此解语花也。'"后人制曲，取以为名。双调，100字，仄韵。

这首词咏元宵节盛事，令人眼花缭乱。下片转而写记忆中的京城元宵，"因念都城""惟只见旧情衰谢""从舞休歌罢"，反映了作者的身世之感。

②浥yì：沾湿。红莲：指莲花形的灯。

③放夜：开禁之夜。

④暗尘随马：出自苏味道《上元》诗："暗尘随马去，明月逐人来。"

⑤盖：车篷，代指马车。

蝶恋花[①]

月皎惊乌栖不定，更漏将残，轳辘牵金井[②]。唤起两眸清炯炯。泪花落枕红绵冷。　执手霜风吹鬓影[③]。去意徊徨，别语愁难听。楼上阑干横斗柄，露寒人远鸡相应。

注释

①这首词描写了一个黎明之际与情人分别的情景。月尚明，漏将残，早行人声历历在耳，这时唤起梦中人来告别，清泪止不住地流。执手依依，霜风吹面，欲留终去，千言万语，不忍倾听。人已远，倚栏杆，星未沉，寒鸡鸣……

②轳辘lìlù：象声词。汲水的辘轳车发出的声音。

③霜风吹鬓影：语出李贺《咏怀》其一："弹琴看文君，春风吹鬓影。"有夫妻相怜之意。

解连环[①]

怨怀无托。嗟情人断绝，信音辽邈。纵妙手、能解连环，似风散雨收，雾轻云薄。燕子楼空，暗尘锁、一床弦索[②]。想移根换叶，尽是旧时，手种红药。　　　汀洲渐生杜若[3]。料舟依岸曲，人在天角。漫记得、当日音书，把闲语闲言，待总烧却[4]。水驿春回，望寄我、江南梅萼[5]。拼今生，对花对酒，为伊泪落。

注释

①解连环：词牌名。双调，106字，仄韵。

这首词写作者对往昔情侣的怀恋。上片写情人音讯断绝，自己怨怀无处寄托。世间坚如玉连环者尚能打开，而恋情就像风云雨雾那样易于消散。而今人去楼空，唯旧时弦琴及手种红芍药尚在。下片写传情杜若已生，伊人却远在天边。空有以前的情书，于今怎不来，还不如烧掉它，泣对花酒。

②弦索：指琴。

③杜若：香草名。《九歌·湘君》："采芳洲兮杜若，将以遗兮下女。"

④总：全都。

⑤望寄我、江南梅萼：用南朝陆凯寄梅事。《荆州记》载："陆凯与范晔相善，自江南寄梅花一枝诣长安与晔，并赠花诗。"后以"寄梅"借指对亲朋的思念和问候。

拜星月慢[1]

夜色催更，清尘收露，小曲幽坊月暗[2]。竹槛灯窗，识秋娘庭院。笑相遇，似觉琼枝玉树相倚，暖日明霞光烂[3]。水眄兰情[4]，总平生稀见。　　画图中、旧识春风面[5]，谁知道、自到瑶台畔。眷恋雨润云温，苦惊风吹散。念荒寒宿无人馆。重门闭、败壁秋虫叹。怎奈向、一缕相思，隔溪山不断。

注释

①拜星月慢：又称“拜新月”，原为唐教坊曲名，此始用作词牌。有多种格体。

这首词写自己在旅途中与一位妓女欢会后又离别上路的情景。上片写会面时，下片写离别后，结构完整，层次分明，犹如一篇记叙文。

②小曲幽坊：曲坊，唐妓女所居地。

③烂：灿烂。

④水眄miǎn兰情：形容女子明亮的眼睛和温馨的情感。语出唐韩琮《春愁》诗：“吴鱼岭雁无消息，水眄兰情别来久。”

⑤画图中、旧识春风面：语出杜甫《咏怀古迹》：“画图省识春风面，环佩空归月夜魂。”

关河令[1]

秋阴时晴渐向暝。变一庭凄冷。伫听寒声，云深无雁影。　　更深人去寂静。但照壁孤灯相映。酒已都醒，如何消夜永！

注释

①关河令：原名“清商怨”，系出古乐府清商曲辞，因曲调多哀怨而称。周邦彦改其名为“关河令”。有多种格体。

这是一首独处感怀的小令，仍用慢词的铺叙手法，表现出一种幽独的情景。

绮寮怨[1]

上马人扶残醉，晓风吹未醒。映水曲、翠瓦朱檐，垂杨里、乍见津亭。当时曾题败壁，蛛丝罩、淡墨苔晕青。念去来、岁月如流，徘徊久、叹息愁思盈。　　去去倦寻路程，江陵旧事，何曾再问杨琼[2]。旧曲凄清，敛愁黛、与谁听？尊前故人如在，想念我、最关情。何须《渭城》[3]？歌声未尽处，先泪零。

注释

①绮寮怨：此为周邦彦自度曲，宋词中只此一首。

此词为送别之作。上片写津亭送别时的情景，下片写别后的愁情。

②杨琼：江陵歌妓。白居易《寄李苏州兼示杨琼》：“真娘墓头春草碧，心奴鬓上秋霜白。为问苏台酒席中，使君歌笑与谁同。就中犹有杨琼在，堪上东山伴谢公。”

③《渭城》：《渭城曲》，出自王维《送元二使安西》诗句“渭城朝雨浥轻尘”，指送行的离歌。

尉迟杯[1]

隋堤路。渐日晚、密霭生深树。阴阴淡月笼沙，还宿河桥深处。无情画舸，都不管、烟波隔前浦。等行人、醉拥重衾，载将离恨归去。　　因思旧客京华，长偎傍疏林，小槛欢聚。冶叶倡条俱相识[2]，仍惯见、珠歌翠舞。如今向、渔村水驿，夜如岁、焚香独自语。有何人、念我无聊，梦魂凝想鸳侣。

注释

①尉迟杯：词牌名。双调，105字，仄韵。

此词写作者旅途的离情别恨。上片写离别时的情景。下片追忆京华岁月，感伤而今的飘零。

②冶叶倡条：代指歌妓。李商隐《燕台四首·春》："蜜房羽客类芳心，冶叶倡条遍相识。"

西　河[1]

金陵怀古

佳丽地[2]，南朝盛事谁记？山围故国绕清江[3]，髻鬟对起[4]；怒涛寂寞打孤城，风樯遥度天际[5]。　　断崖树，犹倒倚，莫愁艇子曾系[6]。空余旧迹郁苍苍，雾沉半垒。夜深月过女墙来[7]，伤心东望淮水[8]。酒旗戏鼓甚处市？想依稀、王谢邻里。

燕子不知何世；入寻常巷陌人家[9]，相对如说兴亡，斜阳里。

注释

①西河：词牌名。三片，105字，仄韵。

这是一首怀古词，全用刘禹锡咏金陵诗意。

②佳丽地：语出谢朓《入朝曲》："江南佳丽地，金陵帝王州。"

③山围故国：出自刘禹锡《金陵五题·石头城》："山围故国周遭在，潮打空城寂寞回。淮水东边旧时月，夜深还过女墙来。"

④髻鬟jìhuán：环形发髻。形容山貌。

⑤风樯qiáng：借帆指船。

⑥莫愁：湖名。

⑦女墙：城墙上呈凹凸形的矮墙。用刘禹锡诗。

⑧淮水：秦淮河。

⑨"想依稀"下诸句：燕子：语出刘禹锡《金陵五题·乌衣巷》："朱雀桥边野草花，乌衣巷口夕阳斜。旧时王谢堂前燕，飞入寻常百姓家。"王谢为东晋时落府于乌衣巷的两大家族。

瑞鹤仙[1]

悄郊原带郭，行路永，客去车尘漠漠。斜阳映山落，敛余红犹恋，孤城阑角。凌波步弱，过短亭、何用素约。有流莺劝我，重解绣鞍，缓引春酹。　　不记归时早暮，上马谁扶，醒眠朱阁。惊飙动幕，扶残醉，绕红药。叹西园已是花深无地，东风何事又恶？任流光过却，犹喜洞天自乐。

注释

①瑞鹤仙：词牌名。双调，102 字，仄韵。

此词为送别词，不独送别，亦伤春。但词的结尾又转向旷达。

浪淘沙慢[①]

晓阴重，霜凋岸草，雾隐城堞[②]。南陌脂车待发，东门帐饮乍阕[③]。正拂面垂杨堪揽结。掩红泪、玉手亲折[④]。念汉浦离鸿去何许，经时信音绝。　　情切。望中地远天阔。向露冷、风清无人处，耿耿寒漏咽。嗟万事难忘，惟是轻别。翠樽未竭，凭断云、留取西楼残月。　　罗带光销纹衾叠，连环解，旧香顿歇。怨歌永、琼壶敲尽缺[⑤]。恨春去、不与人期，弄夜色，空余满地梨花雪。

注释

①这是一首别情词。从词中写相思怨恨可知远离而去的当是作者的情人。上片写分别时的情景，下片写别后牵情难排。

②堞dié：城上如齿状的矮墙。

③阕：终了。

④红泪：女子眼泪。亲折：谓折杨柳。

⑤琼壶敲尽缺：据《晋书》载，王敦酒后咏曹操《龟虽寿》诗：“老骥伏枥，志在千里。烈士暮年，壮心不已。”并以如意敲壶为节，壶口尽缺。

应天长①

条风布暖②，霏雾弄晴，池塘遍满春色。正是夜堂无月，沉沉暗寒食。梁间燕，前社客。似笑我、闭门愁寂。乱花过，隔院芸香，满地狼藉。　　长记那回时，邂逅相逢③，郊外驻油壁④。又见汉宫传烛，飞烟五侯宅⑤。青青草，迷路陌。强载酒、细寻前迹。市桥远，柳下人家，犹自相识。

注释

①应天长：词牌名，有小令、长调两格。小令始于韦庄，长调始于柳永。

这是寒食节时伤春感怀之作，着力写幽独之境。

②条风：春风。

③邂逅：不期而遇。

④油壁：指油饰四壁的车。

⑤“汉宫传烛”二句：语出韩翃《寒食》：“春城无处不飞花，寒食东风御柳斜。日暮汉宫传蜡烛，轻烟散入五侯家。”

夜游宫[①]

叶下斜阳照水，卷轻浪、沉沉千里。桥上酸风射眸子[②]。立多时，看黄昏，灯火市。　古屋寒窗底，听几片、井桐飞坠。不恋单衾再三起[③]。有谁知，为萧娘[④]，书一纸。

注释

①夜游宫：词牌名。双调，57 字，仄韵。

此词以短章着力描写一种幽独之境，从末句可以看出作者在想念一位女子。

②酸风射眸子：出自李贺《金铜仙人辞汉歌》："魏官牵车指千里，东关酸风射眸子。"

③单衾：薄被。

④萧娘：女子的泛称。

贺铸（1052—1125），字方回，号庆湖遗老，卫州共城（今河南卫辉）人。他是宋太祖贺皇后五代族孙，又是宋宗室济国公赵克彰的女婿。为人豪侠。他博学强记，尤工词，兼婉约、豪放之风。有《东山词》。

青玉案[①]

凌波不过横塘路[②]，但目送、芳尘去。锦瑟华年谁与度[③]？月桥花院，琐窗朱户，只有春知处。　　碧云冉冉蘅皋暮，彩笔新题断肠句[④]。试问闲愁都几许？一川烟草，满城风絮，梅子黄时雨。

注释

①本篇为贺铸名作。写的是一段凄美的单相思，笔意朦胧，若隐若现。上片写自己遥见一位美人，不得相会就去了。心想与她共度年华，可连她的住处都不知道。下片着力写相思之情。作者徒自仰天怅望，甚至连情书都写好了，可又往何处寄呢？此时的愁情，岂独“一江春水向东流”可表？作者不惜大费笔墨，连写了三个萧瑟的意象，形象地将自己的心思展现出来。其手法之妙，致使时人以“贺梅子”称之。

②凌波：指女子轻盈的步履。

③华年：语出李商隐《锦瑟》：“锦瑟无端五十弦，一弦一柱思华年。”

④彩笔：典出江淹的五色笔。

感皇恩[①]

兰芷满汀洲，游丝横路。罗袜尘生步，迎顾。整鬟颦黛，脉脉两情难语[②]。细风吹柳絮，人南渡。　　回首旧游，山无重数。花底深朱户，何处？半黄梅子，向晚一帘疏雨。断魂分付与，春将去。

注释

①感皇恩：唐教坊曲名，后用作词牌名。双调，67字，仄韵。这首词写词人邂逅一位女子，当时两情脉脉，事后陷入痛苦的思念中。全词疏密有致，空灵蕴藉。

②脉脉两情难语：《古诗十九首》："盈盈一水间，脉脉不得语。"

薄　幸[①]

淡妆多态，更的的频回眄睐。便认得琴心先许[②]，欲绾合欢双带[③]。记画堂风月逢迎[④]，轻颦浅笑娇无奈。向睡鸭炉边，翔鸳屏里，羞把香罗暗解[⑤]。　　自过了烧灯后[⑥]，都不见踏青挑菜[⑦]。几回凭双燕，丁宁深意，往来却恨重帘碍。约何时再。正春浓酒困，人闲昼永无聊赖。厌厌睡起，犹有花梢日在。

注释

①薄幸：贺铸自创词牌名。双调，108字，仄韵。

这是一首艳情词。上片写与一位女子交欢的经过，下片写别后怀恋之情。

②琴心：用司马相如琴挑卓文君典故。

③欲绾合欢双带：一作“与写宜男双带”。绾：打结。

④风月逢迎：一作“斜月朦胧”。

⑤“向睡鸭炉边”三句：一作“便翡翠屏开，芙蓉帐掩，与把香罗偷解”。

⑥烧灯：一作“收灯”。

⑦踏青挑菜：古人以二月初二日为踏青节，妇女郊游，亦曰挑菜。

浣溪沙[①]

不信芳春厌老人，老人几度送余春，惜春行乐莫辞频。　　巧笑艳歌皆我意[②]，恼花颠酒拼君瞋[③]，物情惟有醉中真。

注释

①这首词描写一位老人行乐的憨态，生动有趣。

②巧笑：语本《诗经·硕人》：“巧笑倩兮，美目盼兮。”

③瞋：怒目而视。

浣溪沙[①]

楼角初销一缕霞，淡黄杨柳暗栖鸦，玉人和月摘梅花。　　笑捻粉香归洞户[②]，更垂帘幕护窗纱，东风寒似夜来些[3]。

注释

①这首词写一位佳人黄昏月下折梅的图景，非常生动。真可谓不着一字，尽得风流。

②洞户：指深闺。

③些：语助词。

石州慢[1]

薄雨收寒，斜照弄晴，春意空阔。长亭柳色才黄，远客一枝先折[2]。烟横水际，映带几点归鸿，东风销尽龙沙雪[3]。还记出关来，恰而今时节。　　将发，画楼芳酒，红泪清歌，便成轻别。回首经年，杳杳音尘都绝[4]。欲知方寸[5]，共有几许新愁？芭蕉不展丁香结[6]。枉望断天涯，两厌厌风月。

注释

①石州慢：词牌名，一作"石州引"，又名"柳色黄"。双调，102 字，宜入声韵。

据《能改斋漫录》载，作者曾与一女子相恋，但因事久别，该女子寄来一诗："独倚危阑泪满襟，小园春色懒追寻。深思纵似丁香结，难比芭蕉一寸心。"作者就以此词回赠，表达深切的思念之情。词的上片写客中景色，春意空阔。下片写离别之苦，委婉而深切。

②折：谓折柳送别。

③龙沙：一作“龙荒”。

④音尘都绝：语出李白《忆秦娥》词：“乐游原上清秋节，咸阳古道音尘绝。”

⑤方寸：心。

⑥芭蕉不展丁香结：出自李商隐《代赠》诗：“芭蕉不展丁香结，同向春风各自愁。”

蝶恋花[①]

几许伤春春复暮，杨柳清阴，偏碍游丝度。天际小山桃叶步[②]，白蘋花满湔裙处[③]。　　竟日微吟长短句，帘影灯昏，心寄胡琴语。数点雨声风约住，朦胧淡月云来去。

注释

①这首词全仿李煜《蝶恋花》：“遥夜亭皋闲信步，才过清明，渐觉伤春暮。数点雨声风约住，朦胧淡月云来去。　　桃杏依稀香暗度，谁在秋千，笑里轻轻语。一寸相思千万绪，人间没个安排处。”

②桃叶步：东晋书法家王献之之妾名桃叶，走路很好看。

③湔 jiān：洗。

天门谣[①]

登采石蛾眉亭[②]

牛渚天门险，限南北、七雄豪占[③]。清雾敛，与闲人登览。　　待月上潮平波滟滟[④]，塞管轻吹新《阿滥》[⑤]。风满槛，历历数、西州更点[⑥]。

注释

①天门谣：词牌名，调名取自贺铸这首词“牛渚天门险”。双调，45字，仄韵。

这是一首登临怀古词，颇有俊逸豪宕之气。

②采石蛾眉亭：贺铸《蛾眉亭记》：“采石镇濒江有牛渚矶，矶上之绝壁嵌空，与天门相直，岚浮翠拂，状若蛾眉。”

③七雄豪占：六朝及南唐均建都于金陵，以牛渚矶为战略要地。

④月上潮平波滟滟：语出张若虚《春江花月夜》：“春江潮水连海平，海上明月共潮生。滟滟随波千万里，何处春江无月明。”

⑤《阿滥》：笛曲名。

⑥西州：西州城，在金陵西。更点：晚上报时的更鼓声。

天　香[①]

烟络横林，山沉远照，逦迤黄昏钟鼓[②]。烛映帘栊，蛩催机杼[③]，共苦清秋风露。不眠思妇，齐应和、几声砧杵[④]。惊动天涯倦宦，骎骎岁华行暮[5]。　　当年酒狂自负，谓东君、以春相付[6]。流浪征骖北道、客樯南浦[7]。幽恨无人晤语[8]。赖明月、曾知旧游处，好伴云来，还将梦去。

注释

①天香：词牌名。双调，96字，仄韵。

这首词写在坎坷的仕途、天涯羁旅中对恋人的深切思念之情。词人将仕途失意之感和怀念之情深深交织在一起，抒发了对人世沧桑的感叹。全词兴象玲珑，笔势健朗飘逸，但语意较隐晦。

②迤逦：绵延曲折。

③蛩：蟋蟀，又名促织。

④砧杵：指冬寒捣衣声。

⑤骎骎qīn：马快跑的样子。

⑥东君：春神。

⑦骖：驾乘的马。

⑧晤语：见面交谈。

望湘人[1]

厌莺声到枕，花气动帘，醉魂愁梦相半。被惜余薰[2]，带惊剩眼[3]。几许伤春春晚。泪竹痕鲜[4]，佩兰香老[5]，湘天浓暖。记小江风月佳时，屡约非烟游伴[6]。　　须信鸾弦易断[7]，奈云和再鼓[8]，曲终人远。认罗袜无踪[9]，旧处弄波清浅。青翰棹舣[10]，白蘋洲畔。尽目临皋飞观[11]。不解寄、一字相思，幸有归来双燕。

注释

①望湘人：贺铸自度曲。双调，107 字，仄韵。
这是一首伤春怀人词，词风近于周邦彦。

②被：被子。

③带惊剩眼：惊讶腰带剩出孔眼。谓人日渐消瘦。

④泪竹：即斑竹。传说舜的两个妃子娥皇和女英听说舜南巡而死，追赶不及，泪洒竹枝，成为斑竹。

⑤佩兰：出自屈原《离骚》："纫秋兰以为佩。"

⑥非烟：唐武公业之爱妾步非烟。这里借指恋人。

⑦鸾弦：以鸾胶续断弦。

⑧云和：指称琴。

⑨罗袜：代指情人。

⑩青翰：船名。舣 yǐ：使船靠岸。

⑪飞观 guàn：高楼。

绿头鸭[①]

玉人家，画楼珠箔临津[②]。托微风彩箫流怨，断肠马上曾闻。宴堂开、艳妆丝里，调琴思、认歌颦。麝蜡烟浓，玉莲漏短[③]，更衣不待酒初醺[④]。绣屏掩、枕鸳相就，香气渐暾暾[⑤]。回廊影、疏钟淡月，几许消魂？　　翠钗分、银笺封泪，舞鞋从此生尘。任兰舟、载将离恨[⑥]，转南浦、背西曛[⑦]。记取明年，蔷薇谢后[⑧]，佳期应未误行云[9]。凤城远、楚梅香嫩[10]，先寄一枝春[11]。青门外[12]，只凭芳草，寻访郎君。

注释

①这首词写词人在楚地怀念与汴京歌女昔日欢会的离愁别恨。上片描写了二人从相识到相恋的经过，场面豪华，感情细腻。下片写了二人相恋正浓之际，作者又不得不离开。二人互赠信物，信誓旦旦，相约来年重逢时再续旧欢。

②珠箔：珠帘。

③玉莲漏：用玉制成的莲花形漏。漏短喻夜深。

④更衣：据《汉书》载，武帝卫皇后原为平阳公主家的歌女。武帝过平阳公主家，席间喜欢上这位歌女。武帝起身去更衣，卫氏在尚衣轩中得幸。

⑤暾暾tūn：和暖貌。

⑥载将离恨：郑文宝《柳枝词》："不管烟波与风雨，载将离恨过江南。"

⑦西曛：夕阳。

⑧蔷薇谢后：杜牧《留赠》诗："不用镜前空有泪，蔷薇花谢即归来。"

⑨行云：暗指情人。

⑩凤城：汴京。

⑪先寄一枝春：用陆凯寄梅典故。

⑫青门：汴京东门。

张元幹（1091—约1170），字仲宗，号芦川居士，福建人。徽宗时为太学上舍生。高宗绍兴元年（1131）因“避谗”致仕回乡。绍兴中，因作词送胡铨，触怒了秦桧，被除名。词风激昂悲愤，开南宋爱国词先声。有《芦川词》。

石州慢[①]

寒水依痕[②]，春意渐回，沙际烟阔。溪梅晴照生香，冷蕊数枝争发。天涯旧恨，试看几许消魂？长亭门外山重叠。不尽眼中青，是愁来时节。　　情切。画楼深闭，想见东风，暗消肌雪[③]。孤负枕前云雨[④]，尊前花月。心期切处，更有多少凄凉，殷勤留与归时说。到得再相逢，恰经年离别。

注释

①这是一首慷慨悲凉的抒情词。表现了作者远离家乡、思念爱妻的愁绪。

②寒水依痕：语本杜甫《冬深》：“寒水各依痕。”

③肌雪：肌肤白似雪。

④孤负：辜负。

兰陵王[①]

卷珠箔。朝雨轻阴乍阁[②]。阑干外、烟柳弄晴，芳草侵阶映红药。东风妒花恶。吹落梢头嫩萼。屏山掩、沉水倦熏[③]，中酒心情怕杯勺[④]。　　寻思旧京洛。正年少疏狂，歌笑迷着。障泥油壁催梳掠。曾驰道同载，上林携手，灯夜初过早共约[⑤]。又争信飘泊？　　寂寞。念行乐。甚粉淡衣襟，音断弦索。琼枝璧月春如昨[⑥]，怅别后华表，那回双鹤[⑦]。相思除是，向醉里、暂忘却。

注释

①这首词作于南渡之后，表面上写伤春怀人，实则寄托作者痛失故都的深切感慨。

②阁：停。

③沉水：沉香。

④中酒：醉酒。

⑤灯夜：元宵夜。

⑥琼枝璧月：比喻情人美丽的面容。

⑦华表，那回双鹤：据《搜神后记》载："丁令威，本辽东人，学道于灵虚山。后化鹤归辽，集城门华表柱。时有少年，举弓欲射之。鹤乃飞，徘徊空中而言曰：'有鸟有鸟丁令威，去家千年今始归。城郭如故人民非，何不学仙冢垒垒。'遂高上冲天。"

叶梦得（1077—1148），字少蕴，号石林居士，江苏苏州人。绍圣四年（1097）进士。高宗绍兴年间，曾两度任江东安抚大使，兼知建康府。晚年退居吴兴卞山。有《石林词》。

贺新郎[①]

睡起流莺语。掩苍苔、房栊向晚，乱红无数。吹尽残花无人见，惟有垂杨自舞。渐暖霭、初回轻暑。宝扇重寻明月影，暗尘侵、上有乘鸾女[②]。惊旧恨，遽如许。　　江南梦断横江渚。浪粘天、葡萄涨绿[③]，半空烟雨。无限楼前沧波意，谁采蘋花寄与。但怅望、兰舟容与[④]。万里云帆何时到，送孤鸿、目断千山阻。谁为我，唱《金缕》。

注释

①这是一首伤春怀旧之作。傍晚醒来，一个人孤独寂寞，重寻宝扇，惊起旧日离恨；神游江南，想望伊人，但相隔万里，油然生起相思之情。

②乘鸾女：传说秦穆公女弄玉乘鸾飞天而去。

③葡萄涨绿：绿水新涨，如葡萄初酿之色。

④容与：缓慢难以前行的样子。

虞美人[1]

雨后同干誉、才卿置酒来禽花下作[2]

落花已作风前舞，又送黄昏雨。晓来庭院半残红，惟有游丝千丈罥晴空[3]。　　殷勤花下同携手，更尽杯中酒。美人不用敛蛾眉，我亦多情、无奈酒阑时。

注释

①这首词是作者与友人花下饮酒，观赏花落之景时写的。词人感叹春去花落，从而生出好花不常开、欢乐不常在的人生感慨。所以他主张自宽自慰，及时行乐。全篇放旷洒脱，荡笔生姿。

②来禽：即林禽，水果名。

③罥 juàn：缠挂。

汪藻（1079—1154），字彦章，德兴（今属江西）人。崇宁二年（1103）进士，历官中书舍人，兼直学士院，擢给事中，迁兵部侍郎，兼侍讲，拜翰林学士。有《浮溪集》。

点绛唇[①]

新月娟娟，夜寒江静山衔斗[②]。起来搔首，梅影横窗瘦。　　好个霜天，闲却传杯手。君知否？乱鸦啼后，归兴浓于酒。

注释

①点绛唇：词牌名。调名取自梁江淹《咏美人春游》诗：“白雪凝琼貌，明珠点绛唇。”双调，41字，仄韵。这首词是词人的月夜随笔，写得清疏放旷，颇有情致。

②斗：北斗。

刘一止（1078—1161），字行简，湖州归安（今浙江湖州）人。宣和三年（1121）进士，绍兴中任监察御史，迁给事中，以敷文阁直学士致仕。有《苕溪词》。

喜迁莺[①]

晓行

晓光催角。听宿鸟未惊，邻鸡先觉。迤逦烟村，马嘶人起，残月尚穿林薄[②]。泪痕带霜微凝，酒力冲寒犹弱。叹倦客、悄不禁重染[③]，风尘京洛。　　追念人别后，心事万重，难觅孤鸿托。翠幌娇深，曲屏香暖，争念岁寒飘泊。怨月恨花烦恼，不是不曾经着。这情味，望一成消减[④]，新来还恶。

注释

①喜迁莺：词牌名。双调，103字。

本篇写羁旅愁思，其意境幽深，感情真挚，堪称情景俱佳的好词。

②林薄：林丛。

③悄：浑然。

④一成：逐渐。

韩嘐 **生平不详。字子耕，号萧闲。**

高阳台[1]

除夜

频听银签[2]，重然绛蜡[3]，年华衮衮惊心[4]。饯旧迎新，能消几刻光阴？老来可惯通宵饮？待不眠、还怕寒侵。掩清尊、多谢梅花，伴我微吟。　　邻娃已试春妆了，更蜂腰簇翠，燕股横金[5]。句引东风[6]，也知芳思难禁。朱颜那有年年好，逞艳游、赢取如今。恣登临、残雪楼台，迟日园林。

注释

①高阳台：即高唐之阳台，出宋玉《高唐赋》。用作词牌，又名“庆春泽”。双调，100字，平韵。

这首词表现了作者在除夕之夜对年华流逝的深切感慨。

②银签：指更漏。

③绛蜡：红烛。

④衮衮gǔn：同“滚滚”。

⑤蜂腰簇翠，燕股横金：两种鬓发装饰。

⑥句gōu：同“勾”。

李邴（1085—1146），**字汉老，任城（今属山东）人。崇宁五年**（1106）**进士，绍兴初，任参知政事，授资政殿学士。有《云龛草堂集》。**

汉宫春[①]

潇洒江梅，向竹梢疏处，横两三枝。东君也不爱惜，雪压霜欺。无情燕子，怕春寒、轻失花期。却是有、年年塞雁，归来曾见开时。　　清浅小溪如练，问玉堂何似，茅舍疏篱？伤心故人去后，冷落新诗。微云淡月，对江天、分付他谁。空自忆、清香未减，风流不在人知。

注释

①汉宫春：词牌名。又称“汉宫春慢”“庆千秋”。双调，96字，有平仄两体。

这篇咏梅词穿插了作者孤芳自赏及对故人的思念之情。

陈与义（1090—1139），字去非，号简斋，洛阳（今属河南）人。宋徽宗政和三年（1113）登上舍甲科。曾任中书舍人等职，又任参知政事。以诗闻名。早期作品受黄庭坚、陈师道影响较深，被当时人视为西江派。后经靖康之变，目睹亡国现实，诗学杜甫，多有感愤沉痛之音。有《无住词》十八首。

临江仙[①]

高咏楚词酬午日[②]，天涯节序匆匆。榴花不似舞裙红。无人知此意，歌罢满帘风。　　万事一身伤老矣，戎葵凝笑墙东[③]。酒杯深浅去年同。试浇桥下水，今夕到湘中[④]。

注释

①这首词借吊屈原抒发自己的爱国情怀。作者报国无门，沉痛抑郁，难以言表，追悼屈原，向千年前寻求知音。

②楚词：即楚辞，是战国时代的伟大诗人屈原创造的一种诗体。午日：端午节，为纪念屈原而设。

③戎葵：植物名，即蜀葵。

④试浇桥下水，今夕到湘中：屈原死于湘水，作者想让酒随水流到湘中去祭奠屈原。湘中，指湖南。

临江仙[①]

夜登小阁，忆洛中旧游

忆昔午桥桥上饮[②]，坐中多是豪英。长沟流月去无声[③]。杏花疏影里，吹笛到天明。　　二十余年如一梦，此身虽在堪惊。闲登小阁看新晴。古今多少事，渔唱起三更。

注释

①这是词人晚年忆旧感时伤世之作。上片追昔，下片抚今，层次分明，疏宕明白，笔法简练，感慨深刻，为作者的代表作。“杏花疏影里，吹笛到天明”可谓神韵。

②午桥：在洛阳南。

③长沟流月：谓流逝的岁月。

蔡伸（1088—1156），字伸道，自号友古居士，仙游（今属福建）人。政和五年（1115）进士，官至左中大夫。有《友古居士词》。

苏武慢[①]

雁落平沙，烟笼寒水，古垒鸣笳声断。青山隐隐，败叶萧萧，天际暝鸦零乱。楼上黄昏，片帆千里归程，年华将晚。望碧天空暮，佳人何处[②]？梦魂俱远。　　忆旧游，邃馆朱扉[③]，小园香径，尚想桃花人面[④]。书盈锦轴，恨满金徽[⑤]，难写寸心幽怨。两地离愁，一尊芳酒，凄凉危阑倚遍。尽迟留，凭仗西风，吹干泪眼。

注释

①苏武慢：词牌名，系咏苏武古调变化。双调，有多格，字数不一。

这首词写羁旅伤别，无尽悲凉。上片写景，烘托客途之苦，下片写相思，层层递进，缠绵悱恻。

②碧天空暮，佳人何处：江淹《休上人怨别》："日暮碧云合，佳人殊未来。"

③扉：门。

④桃花人面：用崔护典故。

⑤金徽：指琴。

柳梢青[1]

数声鶗鴂[2]，可怜又是、春归时节。满院东风，海棠铺绣，梨花飘雪。　丁香露泣残枝[3]，算未比、愁肠寸结。自是休文[4]，多情多感，不干风月[5]。

注释

①柳梢青：词牌名，又名“陇头月”。双调，49字。这是一首惜春词，伤春兼怀身世，抒发内心之苦。

②数声鶗鴂：张先《千秋岁》：“数声鶗鴂，又报芳菲歇。”

③露泣：出自晏殊《鹊踏枝》：“槛菊愁烟兰泣露。”

④休文：沈约字休文。沈约因不受朝廷重用，郁郁成病，消瘦异常。

⑤不干风月：语出欧阳修《玉楼春》：“人生自是有情痴，此恨不关风与月。”

周紫芝（1082—1155），字少隐，自号竹坡居士，宣城（今属安徽）人。绍兴中登进士第，任枢密院编修。后退居庐山。以诗著称。然诗词中多有献寿秦桧父子之作，为世人所鄙。

鹧鸪天[①]

一点残釭欲尽时[②]，乍凉秋气满屏帏。梧桐叶上三更雨[③]，叶叶声声是别离。　调宝瑟，拨金猊[④]，那时同唱《鹧鸪词》。如今风雨西楼夜，不听清歌也泪垂。

注释

①这是一首秋夜怀人之词。在风雨独处之夜，回忆昔日欢聚，不禁伤心流泪。

②釭gāng：灯盏。

③梧桐叶上三更雨：语出温庭筠《更漏子》：“梧桐树，三更雨，不道离愁正苦。一叶叶，一声声，空阶滴到明。”晏殊《踏莎行》：“高楼目尽欲黄昏，梧桐叶上萧萧雨。”

④金猊ní：兽形香炉。

踏莎行[①]

情似游丝，人如飞絮。泪珠阁定空相觑。一溪烟柳万丝垂，无因系得兰舟住[②]。　雁过斜阳，草迷烟渚。如今已是愁无数。明朝且做莫思量，如何过得今宵去？

注释

①这是一首咏别词，步欧晏词风。上片写离别情景，下片写别后心情，笔墨简约，意蕴丰厚。结尾二句，平淡率真，真切感人。

②无因系得兰舟住：语出晏殊《踏莎行》："垂杨只解惹春风，何曾系得行人住。"

李甲 生卒年不详，字景元，华亭（今上海松江）人。善画翎毛，兼工写竹。其绘画曾受到米芾赏识、苏轼称赞。元符中任武康令。词学柳永。

帝台春[①]

芳草碧色，萋萋遍南陌。暖絮乱红，也知人春愁无力。忆得盈盈拾翠侣[②]，共携赏、凤城寒食。到今来，海角逢春，天涯为客。　　愁旋释，还似织；泪暗拭，又偷滴。漫伫立、倚遍危阑，尽黄昏，也只是暮云凝碧[③]。拚则而今已拚了[④]，忘则怎生便忘得。又还问鳞鸿[⑤]，试重寻消息。

注释

①帝台春：词牌名，宋词唯此一首。

这首词从春愁写起，抒发对往日情人的深切思念。上片由景入情，“芳草”“暖絮”“乱红”烘托出春愁无限。下片直抒情意，运用白描手法，大胆直白，真挚自然，感人至深，达到了很高的艺术境界。

②拾翠：原指去郊野拾翠鸟羽毛，后专指清明前后青年男女的踏青郊游。

③暮云凝碧：语出江淹《休上人怨别》：“日暮碧云合，佳人殊未来。”

④拚：舍弃，放开。

⑤鳞鸿：鱼雁。

李重元 **生平不详。**

忆王孙[①]

萋萋芳草忆王孙[②]。柳外楼高空断魂。杜宇声声不忍闻[③]。欲黄昏。雨打梨花深闭门[④]。

注释

①忆王孙：词牌名，单调小令，31字，五平韵，句句用韵。这是一首短小的闺怨词。写得情意绵绵，饶有韵味。

②萋萋芳草忆王孙：语出淮南小山《招隐士》："王孙游兮不归，春草生兮萋萋。"

③杜宇：杜鹃。

④雨打梨花深闭门：唐刘方平《春怨》："纱窗日落渐黄昏，金屋无人见泪痕。寂寞空庭春欲晚，梨花满地不开门。"宋无名氏《鹧鸪天》："甫能炙得灯儿了，雨打梨花深闭门。"

万俟咏 生卒年不详。字雅言，自号大梁词隐。辞采典丽平和。有《大声集》，不传。

三台[1]

清明应制

见梨花初带夜月，海棠半含朝雨。内苑春、不禁过青门，御沟涨、潜通南浦。东风静，细柳垂金缕，望凤阙非烟非雾。好时代、朝野多欢，遍九陌、太平箫鼓[2]。　　乍莺儿百啭断续，燕子飞来飞去。近绿水、台榭映秋千，斗草聚、双双游女[3]。饧香更、酒冷踏青路[4]；会暗识、夭桃朱户[5]。向晚骤、宝马雕鞍，醉襟惹、乱花飞絮。　　正轻寒轻暖漏永，半阴半晴云暮。禁火天、已是试新妆[6]，岁华到、三分佳处。清明看、汉蜡传宫炬[7]，散翠烟、飞入槐府[8]。敛兵卫、阊阖门开[9]，住传宣、又还休务[10]。

注释

①三台：唐教坊曲名，后演为词调。

这是一首应制词，即应皇帝之诏而作，粉饰太平。因而，全词极力铺陈京城在清明时节的美好春景与人民的喜庆欢乐。全词工整而不失自然，平正和雅、清新质朴，没有庸俗的歌功颂德之词，不失为佳作。

②九陌：都城大道。

③斗草：古代一种游戏，采花草以比优劣。常行于端午。

④饧táng：糖。

⑤夭桃：《诗经·周南·桃夭》："桃之夭夭，灼灼其华。"

⑥禁火天：即寒食天。

⑦汉蜡传宫炬：唐韩翃《寒食》："日暮汉宫传蜡烛，轻烟散入五侯家。"

⑧槐府：三公等大臣的府第。

⑨阊阖chānghé：传说中的天门，这里指宫门。

⑩休务：停止公务。

徐伸 生卒年不详。字干臣，浙江衢州人。政和初，以知音律为太常典乐，出知常州。有《青山乐府》，今不传。

二郎神[1]

闷来弹鹊，又搅碎、一帘花影。漫试着春衫，还思纤手，熏彻金猊烬冷。动是愁端如何向，但怪得、新来多病。嗟旧日沈腰，如今潘鬓[2]，怎堪临镜？ 重省。别时泪湿，罗衣犹凝。料为我厌厌，日高慵起，长托春酲未醒[3]。雁足不来，马蹄难驻，门掩一庭芳景。空伫立，尽日阑干倚遍，昼长人静。

注释

①二郎神：唐教坊曲名，后演为词调。双调，105字，仄韵。据载，这首词是词人为怀念他所爱的一位侍婢而作。这位侍婢被他妻子逐去，为他人所得。词人痛苦不已。词的上下两片分别从自己和对方两个角度来写，一个“多病”“沈腰”“潘鬓”，一个“泪湿”“厌厌”“空伫立”“阑干倚遍”。

②沈腰、潘鬓：南梁沈约致书徐勉说：“老病百日数旬，革带常应移孔。”沈腰谓消瘦而腰围变小。晋潘岳《秋兴赋》：“斑鬓髟以承弁兮，素发飒以垂领。”潘鬓指中年鬓发初白。南唐李后主《破阵子》词云：“沈腰潘鬓消磨。”

③酲 chéng：醉酒。

田为 生卒年不详，字不伐。善琵琶，通音律。政和末，充大晟府典乐，宣和元年（1119）为大晟府乐令。慢词颇婉约含蓄。

江神子慢[①]

玉台挂秋月，铅素浅、梅花傅香雪[②]。冰姿洁，金莲衬、小小凌波罗袜[③]。雨初歇，楼外孤鸿声渐远，远山外、行人音信绝。此恨对语犹难，那堪更寄书说？　　教人红消翠减，觉衣宽金缕，都为轻别。太情切，消魂处、画角黄昏时节。声呜咽。落尽庭花春去也，银蟾迥、无情圆又缺[④]。恨伊不似余香，惹鸳鸯结。

注释

①江神子慢：词牌名，即“江城子慢”。

这是一首闺怨词。上片悲秋，下片伤春，年华流转，音信不至，以写离别相思之苦。

②铅素：笔和纸。

③金莲：指女子纤足。

④银蟾迥：明月远。

曹组 生卒年不详。字元宠，阳翟（今河南禹县）人。宣和三年（1121）进士。其词在北宋末时颇盛传。有《箕颍集》佚传，今有《箕颍词》辑本。

蓦山溪[①]

梅

洗妆真态，不作铅华御[②]。竹外一枝斜[③]，想佳人天寒日暮。黄昏院落，无处着清香，风细细，雪垂垂，何况江头路。　　月边疏影，梦到消魂处。结子欲黄时，又须作廉纤细雨[④]。孤芳一世，供断有情愁，消瘦损，东阳也[⑤]，试问花知否？

注释

①蓦山溪：词牌名，调为宋人所创。双调，82字，仄韵。这是一首咏花词，别出心裁，用典传神。

②不作铅华御：出自唐玄宗《题梅妃画真》："忆昔娇妃在紫宸，铅华不御得天真。"

③竹外一枝斜：出自苏轼《和秦太虚梅花》："江头千树春欲暗，竹外一枝斜更好。"

④廉纤：纤细。

⑤东阳：南梁沈约曾为东阳太守。

李玉 生平不详。

贺新郎[①]

篆缕销金鼎[②]。醉沉沉、庭阴转午，画堂人静。芳草王孙知何处？惟有杨花糁径。渐玉枕、腾腾春醒。帘外残红春已透，镇无聊、殢酒厌厌病[③]。云鬓乱，未忺整[④]。　　江南旧事休重省。遍天涯寻消问息，断鸿难倩[⑤]。月满西楼凭阑久，依旧归期未定。又只恐、瓶沉金井[⑥]。嘶骑不来银烛暗，枉教人、立尽梧桐影[⑦]。谁伴我，对鸾镜！

注释

①这是一首闺情词，极力描写独守空房的无聊情态。

②篆缕：盘香的烟。

③殢：滞留。

④忺xiān：高兴。

⑤倩：请。

⑥瓶沉金井：语出白居易《井底引银瓶》诗："瓶沉簪折知奈何，似妾今朝与君别。"

⑦教人、立尽梧桐影：语出吕岩《梧桐影》："明月斜，秋风冷。今夜故人来不来，教人立尽梧桐影。"

廖世美 生平不详。

烛影摇红[1]

题安陆浮云楼[2]

霭霭春空，画楼森耸凌云渚。紫薇登览最关情[3]，绝妙夸能赋。惆怅相思迟暮。记当日、朱阑共语。塞鸿难问，岸柳何穷，别愁纷絮。　　催促年光，旧来流水知何处？断肠何必更残阳，极目伤平楚。晚霁波声带雨。悄无人、舟横野渡[4]。数峰江上，芳草天涯，参差烟树。

注释

①烛影摇红：词牌名，周邦彦定制，双调，96字，仄韵。这首词写作者登楼纵目春空，引发对友人的怀念，并感叹时光的流逝。

②安陆：湖北安陆县。

③紫薇：指晚唐诗人杜牧。唐代中书省曾称紫薇省，杜牧曾任中书舍人，故以此称。杜牧曾有一首写安陆浮云楼的诗作，在唐宋时期广为流传。原诗为《题安州浮云寺楼寄湖州郎中》："去夏疏雨余，同倚朱阑语。当时楼下水，今日至何处。恨如春草多，事与孤鸿去。楚岸柳何穷，别愁纷如絮。"廖词多处化用杜诗。

④悄无人、舟横野渡：语出韦应物《滁州西涧》："春潮带雨晚来急，野渡无人舟自横。"

吕渭老 生卒年不详。一作滨老，字圣求。其词长于声律，词风清婉秀丽。

薄　幸[①]

青楼春晚。昼寂寂、梳匀又懒。乍听得、鸦啼莺弄，惹起新愁无限。记年时、偷掷春心，花间隔雾遥相见。便角枕题诗[②]，宝钗贳酒[③]，共醉青苔深院。　　怎忘得、回廊下，携手处、花明月满。如今但暮雨，蜂愁蝶恨，小窗闲对芭蕉展。却谁拘管。尽无言、闲品秦筝，泪满参差雁[④]。腰支渐小，心与杨花共远。

注释

①这是一首闺怨词。上片写女子因见春景而伤怀。“记年时”开始回顾过往欢情，后陡转回今日之愁怨。一唱三叹，缠绵幽怨。

②角枕：用兽角作装饰的枕头。

③贳shì：赊欠。

④雁：雁行般的筝柱。

鲁逸仲 生平不详。原名孔夷，字方平。

南浦[1]

旅怀

风悲画角，听《单于》三弄落谯门[2]。投宿骎骎征骑，飞雪满孤村[3]。酒市渐阑灯火，正敲窗乱叶舞纷纷。送数声惊雁，乍离烟水，嘹唳度寒云[4]。　　好在半胧淡月，到如今、无处不销魂。故国梅花归梦，愁损绿罗裙。为问暗香闲艳，也相思万点付啼痕。算翠屏应是，两眉余恨倚黄昏。

注释

①南浦：词牌名。原唐教坊曲，宋词制新调。双调，105字，多押仄韵。全称出自《楚辞·九歌》“送美人兮南浦”，所以此牌多悲戚之作。

这首词写了旅途种种萧瑟意象，衬托出羁旅之情。

②落谯门：秦观《满庭芳》：“画角声断谯门。”

③飞雪满孤村：杨亿《少年游》：“飞雪满前村。”

④嘹唳 liáolì：声音响亮凄清。

岳飞（1103—1141），字鹏举，汤阴人。是历史上著名的民族英雄。他生于民间，北宋灭亡前应募参军，在抗金中勇敢奋发，身经百战，屡建奇功。后被秦桧等奸臣以莫须有的罪名诬害而死，年仅三十九岁。孝宗时复官，谥武穆，理宗时改谥忠武。

满江红①

怒发冲冠②，凭阑处、潇潇雨歇。抬望眼，仰天长啸，壮怀激烈。三十功名尘与土③，八千里路云和月④。莫等闲、白了少年头，空悲切。　　靖康耻⑤，犹未雪。臣子恨，何时灭！驾长车，踏破贺兰山缺⑥。壮志饥餐胡虏肉，笑谈渴饮匈奴血⑦。待从头、收拾旧山河，朝天阙⑧。

注释

①满江红：词牌名，双调，93字，多用仄韵。

这是一首千古传颂的爱国主义名作，写出了作者精忠报国的意志和收复失地、雪洗国耻的决心。全词大气磅礴，壮怀激烈，好比一首进行曲，催人奋进。

②怒发冲冠：出自《战国策》："士皆瞋目，发尽上指冠。"

③三十功名尘与土：谓自己三十年来功业微不足道。

④云和月：谓披星戴月。

⑤靖康耻：指北宋亡国之耻。靖康元年（1126），金兵攻陷北宋都城汴京，次年掳走宋徽宗、钦宗二帝北去。

⑥贺兰山：在今宁夏区内。这里借指敌占区。

⑦饥餐胡虏肉、渴饮匈奴血：出自《梁书》："饥食其肉，渴饮其血。"

⑧天阙：皇宫。

张抡 生卒年不详。字材甫，号莲社居士。有《莲社词》。

烛影摇红[1]

上元有怀

双阙中天[2]，凤楼十二春寒浅[3]。去年元夜奉宸游[4]，曾侍瑶池宴[5]。玉殿珠帘尽卷，拥群仙、蓬壶阆苑[6]。五云深处[7]，万烛光中，揭天丝管。　驰隙流年[8]，恍如一瞬星霜换。今宵谁念泣孤臣，回首长安远。可是尘缘未断[9]，漫惆怅、华胥梦短[10]。满怀幽恨，数点寒灯，几声归雁。

注释

①这是一首元宵感怀之作。上片忆旧，下片伤今。

②双阙：皇宫前两边高大的楼台。

③凤楼十二：谓宫内楼观多。鲍照《代陈思王京洛篇》："凤楼十二重，四户八绮窗。"

④宸游：皇帝出游。

⑤瑶池宴：传说西王母与周穆王在瑶池会宴。

⑥蓬壶：海上仙山名。阆làng苑：神仙居所。

⑦五云：五色祥云。

⑧驰隙流年：形容时光迅逝，如白驹过隙。

⑨可是：却是。

⑩华胥梦：出自《列子》："黄帝昼寝，梦游华胥之国。"

程垓 生卒年不详。字正伯，眉州人，淳熙年间曾游临安，光宗时还未宦达。工诗文，词风婉丽。有《书舟词》。

水龙吟[1]

夜来风雨匆匆，故园定是花无几。愁多怨极，等闲孤负，一年芳意。柳困桃慵，杏青梅小，对人容易。算好春长在，好花长见，原只是、人憔悴。　　回首池南旧事，恨星星、不堪重记[2]。如今但有看，花老眼，伤时清泪。不怕逢花瘦，只愁怕、老来风味。待繁红乱处，留云借月，也须拼醉。

注释

①这是一首惜春叹老词，反复抒写胸中积郁，直中含曲，有凄清之致。

②星星：白发星星。

张孝祥（1132—1170），字安国，号于湖居士，乌江（今安徽和县）人。高宗绍兴二十四年（1154）廷试第一。曾任建康（南京）留守等职。词风豪放，成就较高。有《于湖词》。

六州歌头[①]

长淮望断[②]，关塞莽然平。征尘暗，霜风劲，悄边声。黯消凝。追想当年事[③]，殆天数，非人力；洙泗上[④]，弦歌地，亦膻腥。隔水毡乡[⑤]，落日牛羊下，区脱纵横[⑥]。看名王宵猎[⑦]，骑火一川明，笳鼓悲鸣，遣人惊。　　念腰间箭，匣中剑，空埃蠹，竟何成！时易失，心徒壮，岁将零。渺神京。干羽方怀远[⑧]，静烽燧，且休兵。冠盖使，纷驰骛，若为情！闻道中原遗老，常南望、翠葆霓旌[⑨]。使行人到此，忠愤气填膺，有泪如倾。

注释

①六州歌头：词牌名，双调，143字，上下片各八平韵。又有于平韵外兼押仄韵者，能增强激壮声情，有繁弦急管、五音繁会之妙。程大昌《演繁露》中写道："《六州歌头》，本鼓吹曲也。近世好事者倚其声为吊古词，音调悲壮，又以古兴亡事实文之。闻其歌，使人慷慨，良不与艳词同科，诚可喜也。"

这首词是作者在建康留守张浚宴席上所赋，表现了强烈的爱国之情。词直抒胸臆，写得慷慨激烈，酣畅淋漓，悲愤之情溢于言表。上片写了自己看到中原国土沦陷和金人的猖獗。下片写报国无门、壮志难酬的悲愤，表现出作者对朝廷的不满和对百姓的同情。

②长淮：淮河。

③当年事：指金兵入侵。

④洙泗：二水名，在今山东曲阜。

⑤隔水毡乡：淮河对岸的金国。

⑥区ōu脱：金兵的哨所。

⑦名王：指金兵将帅。

⑧干羽：舞蹈道具。

⑨翠葆霓旌：指南宋皇帝的车驾仪仗。

念奴娇[①]

过洞庭

洞庭青草[②]，近中秋、更无一点风色。玉鉴琼田三万顷[③]，着我扁舟一叶。素月分辉，银河共影，表里俱澄澈。悠然心会，妙处难与君说。　　应念岭表经年[④]，孤光自照，肝胆皆冰雪。短发萧疏襟袖冷[⑤]，稳泛沧溟空阔。尽挹西江[⑥]，细斟北斗[⑦]，万象为宾客。扣舷独啸，不知今夕何夕[⑧]。

注释

①念奴娇：词牌名，双调，100字，仄韵。

这首词写洞庭湖月下清澈明净的景色，自己的胸怀也是一般光明磊落。全词意境高旷，神思飘逸，笔势雄奇。

②青草：青草湖。

③玉鉴琼田：形容月照湖水的皎洁。

④岭表：岭南近海地区。

⑤萧疏：稀疏。

⑥挹yì：汲取，舀。

⑦斟北斗 ：把北斗星当作喝酒的酒杯。

⑧今夕何夕：语出《诗经·唐风·绸缪》："今夕何夕，见此良人？"

韩元吉（1118—1187），字无咎，号南涧翁，开封雍丘（今河南杞县）人。官至吏部尚书，力主抗金，罢官后住上饶（今属江西）。有《南涧诗余》。

六州歌头[①]

桃花

东风着意，先上小桃枝。红粉腻，娇如醉，倚朱扉。记年时。隐映新妆面，临水岸，春将半，云日暖，斜桥转，夹城西。草软莎平，跋马垂杨渡，玉勒争嘶。认蛾眉凝笑，脸薄拂燕脂。绣户曾窥，恨依依。　　共携手处，香如雾，红随步，怨春迟。消瘦损，凭谁问？只花知，泪空垂。旧日堂前燕，和烟雨，又双飞。人自老，春长好，梦佳期。前度刘郎，几许风流地，花也应悲。但茫茫暮霭，目断武陵溪[②]。往事难追。

注释

①这是一首婉约词，用的却是豪放的词牌。上片写见花思人，回想起初次见面的种种情致。下片写旧地重游、物是人非的懊恼心情。

②武陵溪：陶渊明《桃花源记》中通往世外桃源的水路。

好事近[①]

汴京赐宴闻教坊乐有感

凝碧旧池头[②]，一听管弦凄切。多少梨园声在[③]，总不堪华发[④]。　　杏花无处避春愁，也傍野烟发。惟有御沟声断，似知人呜咽。

注释

①好事近：词牌名。又名“钓船笛”，双调，45字，上下片各两仄韵，以入声韵为宜。

乾道九年（1173），韩元吉作为南宋的使臣前往金国，在敌占的汴京参加了招待宴会，即席赋词。这首小词着力写出作者自己的凄凉感受，催人泪下。

②凝碧旧池：在唐东都洛阳禁苑中。安史之乱时，王维被安禄山拘禁于此，赋诗云：“万户伤心生野烟，百官何日再朝天。秋槐落叶空宫里，凝碧池头奏管弦。”

③梨园：唐明皇教习伶人的地方。

④不堪华发：语出白居易《长恨歌》：“梨园弟子白发新，椒房阿监青娥老。”

袁去华 生卒年不详。字宣卿，奉新（今属江西）人。绍兴十五年（1145）进士。曾任善化、石首知县。

瑞鹤仙[1]

郊原初过雨。见败叶零乱，风定犹舞。斜阳挂深树。映浓愁浅黛，遥山眉妩[2]。来时旧路，尚岩花、娇黄半吐。到而今惟有，溪边流水，见人如故。　　无语。邮亭深静，下马还寻，旧曾题处。无聊倦旅，伤离恨，最愁苦。纵收香藏镜[3]，他年重到，人面桃花在否？念沉沉、小阁幽窗，有时梦去。

注释

①这首词专写怀人幽思，通过种种萧瑟意象表现出来。

②眉妩：眉样妩媚。

③收香藏镜：指珍藏情人馈赠之物。

剑器近[1]

夜来雨，赖倩得东风吹住。海棠正妖娆处，且留取。　　悄庭户，试细听莺啼燕语，分明共人愁绪，怕春去。　　佳树，翠阴初转午。重帘未卷，乍睡起，寂寞看风絮。偷弹清泪寄烟波，见江头故人，为言憔悴如许。彩笺无数，去却寒暄[2]，到了浑无定据。断肠落日千山暮。

注释

①剑器近：原为唐代舞曲，后转为词牌。双调，96字，仄韵。

这首词专写怀人幽思，展现出种种愁苦情态。

②寒暄：嘘寒问暖。

安公子[①]

弱柳千丝缕，嫩黄匀遍鸦啼处[②]。寒入罗衣春尚浅，过一番风雨。问燕子来时，绿水桥边路，曾画楼、见个人人否？料静掩云窗，尘满哀弦危柱。　　庾信愁如许，为谁都着眉端聚。独立东风弹泪眼，寄烟波东去。念永昼春闲，人倦如何度？闲傍枕、百转黄鹂语。唤觉来厌厌，残照依然花坞。

注释

①安公子：隋末新翻乐曲，唐时为教坊曲，后用为词牌。双调，有80字、106字等体，仄韵。

这首词仍然是专写怀人幽思。

②嫩黄：柳芽。

陆淞 （1109—1182），字子逸，号云溪，山阴（今浙江绍兴）人，是陆游的长兄，以祖恩补通侍郎，官至左朝清大夫。

瑞鹤仙[①]

脸霞红印枕，睡觉来、冠儿还是不整。屏间麝煤冷[②]，但眉峰压翠，泪珠弹粉。堂深昼永。燕交飞、风帘露井。恨无人与说相思，近日带围宽尽。　　重省，残灯朱幌，淡月纱窗，那时风景。阳台路迥，云雨梦[③]，便无准。待归来，先指花梢教看，欲把心期细问。问因循过了青春，怎生意稳？

注释

①这是一首闺怨词，笔调细腻，刻画入微，犹如花间词。

②麝煤：制墨的原料，用作墨的代称。

③阳台、云雨：用巫山神女典。宋玉《高唐赋》："旦为朝云，暮为行雨。朝朝暮暮，阳台之下。"

陆游（1125—1210），字务观，号放翁，越州山阴（今浙江绍兴）人。他出生在一个有文学教养的封建家庭中，自小得到很好的教育，受到爱国思想的影响。但家庭也使他在婚姻上受到巨大伤痛，他的母亲因不喜欢唐婉，而硬拆散了他们。宋高宗绍兴二十三年（1153），陆游参加进士考试，居前列，却因触忤秦桧而被除名。直到秦桧死后，孝宗时才赐进士出身，官至宝章阁待制。他是南宋伟大的爱国诗人，南宋四大家之一，词和散文的成就也很高。他的作品，题材之丰富、数量之多，在我国文学史上是少见的。有《渭南文集》《剑南诗文集》。

卜算子①

咏梅

驿外断桥边，寂寞开无主。已是黄昏独自愁，更着风和雨。　　无意苦争春，一任群芳妒。零落成泥碾作尘，只有香如故。

注释

①这是一首千古传颂的咏梅词。可贵的是不咏其美丽形态，而咏其品格，托物以言志。上片写梅花孤独寂寞与备受摧残的境况。下片写梅花的高尚情操，象征词人自身之人格。

陈亮（1143—1194），字同甫，世称龙川先生。婺州永康（今属浙江）人。颇有才气，下笔数千言立就。隆兴初，因反对与金人议和，痛斥秦桧之流，遭当权者嫉谗，三次被诬下狱。他提倡“事功之学”，斥责道学家的空谈。一生布衣，绍熙四年（1193）擢第授官，但未及赴任而卒。陈亮与辛弃疾交往颇深，词风也近于辛。有《龙川词》。

水龙吟[①]

闹花深处楼台[②]，画帘半卷东风软。春归翠陌，平莎茸嫩，垂杨金浅。迟日催花，淡云阁雨，轻寒轻暖。恨芳菲世界，游人未赏，都付与莺和燕。　寂寞凭高念远，向南楼、一声归雁。金钗斗草，青丝勒马，风流云散。罗绶分香[③]，翠绡封泪[④]，几多幽怨？正消魂又是，疏烟淡月，子规声断。

注释

①这是一首春怨词，描绘了多处细微的春景。

②闹花：繁花。

③绶shòu：带。

④翠绡封泪：谓绡上书信满泪入封。

范成大（1126—1193），字致能，号石湖居士，吴县（今属苏州）人。宋高宗绍兴进士，官至参知政事。为官政声颇佳，曾奉命出使金国，不辱使命，保持了尊严，且在途中写下七十二首爱国诗，是他诗歌中最有光彩的部分。其田园诗独创一格，影响较大，是南宋四大家之一。词作也有较高成就。有《石湖居士诗集》《石湖词》。

忆秦娥[①]

楼阴缺，阑干影卧东厢月。东厢月，一天风露，杏花如雪。　　隔烟催漏金虬咽[②]，罗帏黯淡灯花结。灯花结，片时春梦[③]，江南天阔。

注释

①忆秦娥：词牌名，又名“秦楼月”。双调，46字，仄韵。据说为李白所创，因其中有“秦娥梦断秦楼月”句，故名。这是一首闺情词，写在一个明月之夜，一位闺中女子辗转难眠，思念着远在江南的爱人。笔调超逸，兴象清朗，韵味悠然。

②金虬qiú：虬龙饰的漏。

③片时春梦：语出岑参《春梦》：“枕上片时春梦中，行尽江南数千里。”

眼儿媚[1]

萍乡道中乍晴，卧舆中困甚，小憩柳塘。

酣酣日脚紫烟浮[2]，妍暖破轻裘。困人天色，醉人花气，午梦扶头。　　春慵恰似春塘水，一片縠纹愁。溶溶泄泄，东风无力，欲皱还休。

注释

①眼儿媚：词牌名，又名“秋波媚”。双调，48字，平韵。

这是一首春日闲情词。通过精细的环境描写，把春日的闲情逸致形象地表现出来。

②酣酣：盛足貌。日脚：透过云层射向地面的日光。

霜天晓角[1]

梅

晚晴风歇，一夜春威折[2]。脉脉花疏天淡[3]，云来去，数枝雪。　　胜绝，愁亦绝，此情谁共说。惟有两行低雁，知人倚、画楼月。

注释

①霜天晓角：词牌名。词格有多种。

这是一首咏梅词，借咏梅抒发人生感慨，表达伤春惜时之情。

②春威折：春寒大减。

③脉脉mò：连绵不断貌。

辛弃疾（1140—1207），字幼安，号稼轩，历城（今山东济南）人。他出生时山东已为金人所占，从小在家受到爱国教育。二十一岁即组织义军抗金，英勇过人。辛弃疾有将相之才而不得施展，只好将一腔忠愤寄之于词。他的词继承了苏词豪放的词风，并以其强烈的政治热情，引向更广阔更激荡的社会现实，从而取得了辉煌的艺术成就。有《稼轩长短句》。

贺新郎[①]

别茂嘉十二弟

绿树听鹈鴂。更那堪、鹧鸪声住，杜鹃声切。啼到春归无啼处，苦恨芳菲都歇。算未抵、人间离别。马上琵琶关塞黑[②]，更长门、翠辇辞金阙[③]。看燕燕，送归妾[④]。　　将军百战身名裂[⑤]。向河梁、回头万里[⑥]，故人长绝。易水萧萧西风冷[⑦]，满座衣冠似雪。正壮士、悲歌未彻。啼鸟还知如许恨，料不啼清泪长啼血[⑧]。谁共我，醉明月？

注释

①这是一首送别词，却不直写离别时的儿女情态，而是放开手笔，先写三种鸟类的哀鸣，继而写出五个悲剧性的送别场面，最后以杜鹃啼血，独醉明月作结。全词写得悲壮苍凉、豪气纵横。

②马上琵琶：用昭君出塞事。

③长门：汉武帝陈皇后失宠，居长门宫。

④看燕燕，送归妾：《诗经》有《燕燕》篇，毛传云："《燕燕》，卫庄姜送归妾也。"

⑤将军百战身名裂：汉将李陵屡战匈奴，终因箭尽粮绝，援兵不至而降，遂至身败名裂。

⑥河梁：桥。用李陵送别苏武归汉典。《文选》载李陵送苏武诗云："携手上河梁，游子暮何之。"

⑦易水萧萧：据史载，荆轲刺秦王，临行时慷慨悲歌："风萧萧兮易水寒，壮士一去兮不复还！"

⑧啼血：指杜鹃鸟哀鸣出血。

念奴娇[①]

书东流村壁

野棠花落，又匆匆、过了清明时节。刬地东风欺客梦，一夜云屏寒怯。曲岸持觞，垂杨系马，此地曾轻别。楼空人去，旧游飞燕能说。　闻道绮陌东头[②]，行人长见，帘底纤纤月[③]。旧恨春江流不尽，新恨云山千叠。料得明朝，尊前重见，镜里花难折。也应惊问，近来多少华发？

注释

①这首词写离愁别恨，作于淳熙五年（1178）清明后，赴临安途中，时年39岁。

②绮陌：美丽繁华的街道。

③纤纤月：比喻女子纤足。

汉宫春[1]

立春

春已归来，看美人头上，袅袅春幡。无端风雨，未肯收尽余寒。年时燕子，料今宵、梦到西园。浑未办、黄柑荐酒，更传青韭堆盘？　　却笑东风从此，便熏梅染柳，更没些闲。闲时又来镜里，转变朱颜。清愁不断，问何人、会解连环？生怕见、花开花落，朝来塞雁先还。

注释

①这是一首咏春词，并投射出作者晚年的人生感慨。

贺新郎[1]

赋琵琶

凤尾龙香拨[2]，自开元《霓裳曲》罢，几番风月？最苦浔阳江头客[3]，画舸亭亭待发。记出塞、黄云堆雪。马上离愁三万里，望昭阳宫殿孤鸿没[4]，弦解语，恨难说。　　辽阳驿使音尘绝[5]，琐窗寒、轻拢慢捻[6]，泪珠盈睫。推手含情还却手，一抹《梁州》哀彻。千古事，云飞烟灭。贺老定场无消息[7]，想沉香亭北繁华歇[8]。弹到此，为呜咽。

注释

①这首词名为咏琵琶，实为写事抒情，表现出怀古之叹，可谓一篇完整的“琵琶怨”。

②凤尾龙香拨：这句写琵琶的构造。

③浔阳江头客：出自白居易《琵琶行》：“浔阳江头夜送客，枫叶荻花秋瑟瑟。”

④昭阳：汉未央宫里殿名。这里用昭君出塞事。

⑤辽阳：代指边塞。

⑥轻拢慢捻：出自白居易《琵琶行》：“轻拢慢捻抹复挑。”拢、捻、抹、挑，都是琵琶指法。

⑦贺老：贺怀智，唐玄宗时人，善弹琵琶。定场：压场，压住阵脚。

⑧沉香亭：在唐都长安兴庆宫中，玄宗与杨贵妃曾于此赏牡丹，李白为之赋《新平调》：“解释春风无限恨，沉香亭北倚栏杆。”

水龙吟[①]

登建康赏心亭

楚天千里清秋，水随天去秋无际。遥岑远目，献愁供恨，玉簪螺髻[②]。落日楼头，断鸿声里，江南游子。把吴钩看了[③]，阑干拍遍，无人会、登临意。　　休说鲈鱼堪脍[④]，尽西风、季鹰归未？求田问舍[⑤]，怕应羞见，刘郎才气。可惜流年，忧愁风雨，树犹如此[⑥]。倩何人唤取，红巾翠袖，揾英雄泪[⑦]！

注释

①这是一首登高抒怀词，作于作者在建康通判任上。开篇写阔大之景，因而触发家国之恨，从而表白个人抱负，难酬之壮志。

②玉簪螺髻：喻山。

③吴钩：刀名。

④鲈鱼堪脍：《世说新语》载，张季鹰在洛阳为官，忽见秋风起，便想起家乡的莼羹和鲈鱼，于是辞官归家。

⑤求田问舍：用东汉末年许汜被刘备讥讽的典故。

⑥树犹如此：《世说新语》载，桓温北征，经过金城，见自己过去种的柳树已长到几围粗，便感叹道："木犹如此，人何以堪？"

⑦揾wèn：揩拭。

摸鱼儿[①]

淳熙己亥自湖北漕移湖南，

同官王正之置酒小山亭，为赋。

更能消、几番风雨？匆匆春又归去。惜春长怕花开早，何况落红无数。春且住！见说道、天涯芳草无归路。怨春不语。算只有殷勤，画檐蛛网，尽日惹飞絮。　　长门事，准拟佳期又误。蛾眉曾有人妒[②]。千金纵买相如赋[③]，脉脉此情谁诉？君莫舞！君不见、玉环飞燕皆尘土[④]。闲愁最苦。休去倚危阑，斜阳正在、烟柳断肠处。

注释

①摸鱼儿：词牌名，又名“买陂塘”“迈陂塘”“双蕖怨”等。双调，116字，上片六仄韵，下片七仄韵。

这是一首酒筵上赋的惜春词，借以表达了作者的政治与人生情怀。

②蛾眉：像蚕蛾触须一样弯而长的眉毛，特指女子的眉毛。见《离骚》：“众女嫉余之蛾眉兮，谣诼谓余以善淫。”

③千金纵买相如赋：《长门赋序》载，陈皇后被弃于长门宫，曾以黄金百斤请司马相如作赋诉说自己的幽怨，终于感动武帝，重新得到宠幸。

④玉环飞燕：杨玉环与赵飞燕，皆善舞，分别受唐玄宗与汉成帝宠爱。

永遇乐[①]

京口北固亭怀古

千古江山，英雄无觅，孙仲谋处[②]。舞榭歌台，风流总被，雨打风吹去。斜阳草树，寻常巷陌，人道寄奴曾住[③]。想当年，金戈铁马，气吞万里如虎。　　元嘉草草[④]，封狼居胥[⑤]，赢得仓皇北顾。四十三年，望中犹记，烽火扬州路[⑥]。可堪回首，佛狸祠下[⑦]，一片神鸦社鼓。凭谁问，廉颇老矣，尚能饭否[⑧]？

注释

①这是一首怀古词，寄托了作者强烈的报国无门的失望。

②孙仲谋：三国时吴主孙权。

③寄奴：南朝宋武帝刘裕，小字寄奴，早年居京口。

④元嘉草草：刘裕子宋文帝刘义隆于元嘉年间草率出兵北伐，结果惨败。

⑤狼居胥：山名。

⑥此词写于开禧元年（1205），作者于绍兴三十二年（1162）南下，至此正四十三年。路为古代行政区域名，扬州路为词人当年参与抗金战争之地。

⑦佛狸祠：北魏太武帝小字佛狸，率军追王玄谟至长江边，驻军江北瓜步山，在山上建行宫，后人称为佛狸祠。

⑧尚能饭否：《史记·廉颇蔺相如列传》载："廉颇居梁，久之，魏不能信用。赵以数困于秦兵，赵王思复得廉颇，廉颇亦思复用于赵。赵王使使者视廉颇尚可用否。廉颇之仇郭开多与使者金，令毁之。赵使者既见廉颇，廉颇为之一饭斗米，肉十斤，被甲上马，以示尚可用。赵使还报王曰：'廉将军虽老，尚善饭，然与臣坐，顷之三遗矢矣。'赵王以为老，遂不召。"

木兰花慢①

滁州送范倅

老来情味减，对别酒，怯流年。况屈指中秋，十分好月，不照人圆。无情水都不管，共西风、只管送归船。秋晚莼鲈江上②，夜深儿女灯前。　　征衫，便好去朝天③，玉殿正思贤。

想夜半承明[4]，留教视草[5]，却遣筹边[6]。长安故人问我，道愁肠殢酒只依然。目断秋霄落雁，醉来时响空弦。

注释

①这是一首送别词，全词平铺直叙，表现了作者的惆怅之情。

②莼鲈：莼菜和鲈鱼。代指家乡。

③朝天：朝见天子。

④承明：承明庐，侍臣所住。

⑤视草：为皇帝草拟制诰之稿。

⑥筹边：筹划边防。

祝英台近[1]

晚春

宝钗分[2]，桃叶渡[3]，烟柳暗南浦。怕上层楼，十日九风雨。断肠片片飞红，都无人管，更谁劝啼莺声住？　鬓边觑。应把花卜归期，才簪又重数。罗帐灯昏，哽咽梦中语。是他春带愁来，春归何处？却不解带将愁去。

注释

①祝英台近：词牌名，双调，77字，仄韵。

这首词写离别情思，全用动态语言，活泼有趣。

②宝钗分：分钗赠别。

③桃叶渡：晋王献之与爱妾桃叶分别处。

青玉案[①]

元夕

东风夜放花千树[②]，更吹落、星如雨。宝马雕车香满路，凤箫声动，玉壶光转[③]，一夜鱼龙舞。　　蛾儿雪柳黄金缕，笑语盈盈暗香去。众里寻他千百度，蓦然回首[④]，那人却在，灯火阑珊处[⑤]。

注释

①这首词描写元宵之夜的繁华热闹景象。以此为背景，衬托出作者所追求的伊人处境冷落。全词笔势顿挫，极铺衬之能事。

②花千树：形容灯花。

③玉壶：比喻月亮。

④蓦然：突然。

⑤阑珊：稀落。

鹧鸪天[①]

鹅湖归，病起作

枕簟溪堂冷欲秋[②]，断云依水晚来收。红莲相倚浑如醉，白鸟无言定自愁。　　书咄咄[③]，且休休。一丘一壑也风流。不知筋力衰多少，但觉新来懒上楼。

注释

①这首词是作者罢官闲居之作。全词明白如话，犹如一首田园诗。最后两句英雄迟暮之感溢于言表。

②簟：竹席。

③书咄咄：用《世说新语》中的典故，表示失意不平的感叹。

菩萨蛮[①]

书江西造口壁

郁孤台下清江水，中间多少行人泪。西北望长安，可怜无数山。　　青山遮不住，毕竟东流去。江晚正愁余[②]，山深闻鹧鸪。

注释

①这首词写出了作者怀念旧都和壮志难酬的愁情。四联各有韵味。

②愁余：使我发愁。

姜夔（1155？—1209），字尧章，号白石道人，饶州鄱阳（今属江西）人，布衣一生。工诗文，善书法，与名人多有交往，范成大、杨万里对其诗文及人品多有称赞。他长于音律，尤以词著称，能自变曲。词的格调清高峭拔，被清初的浙西词派奉为典范。有词集《白石道人歌曲》。

点绛唇[①]

丁未冬过吴松作

燕雁无心[②]，太湖西畔随云去。数峰清苦。商略黄昏雨[③]。　　第四桥边，拟共天随住[④]。今何许？凭阑怀古。残柳参差舞。

注释

①这首词为词人随笔，风格凄清，在姜词中别具一格。

②燕yān雁：北方的雁。

③商略：商量。这是把山峰拟人化。

④天随：天随子，唐陆龟蒙道号。

鹧鸪天

元夕有所梦[①]

肥水东流无尽期[②]，当初不合种相思。梦中未比丹青见[③]，暗里忽惊山鸟啼。　　春未绿，鬓先丝[④]。人间别久不成悲。谁教岁岁红莲夜[⑤]，两处沉吟各自知。

注释

①这是一首感梦之作，颇见别离之清苦。

②肥水：淝水。

③梦中未比丹青见：谓梦中模糊。

④先丝：先白。

⑤红莲夜：元宵。

踏莎行[①]

自沔东来，丁未元日至金陵，江上感梦而作。

燕燕轻盈，莺莺娇软[②]。分明又向华胥见[③]。夜长争得薄情知[④]？春初早被相思染。　　别后书辞，别时针线。离魂暗逐郎行远。淮南皓月冷千山，冥冥归去无人管[⑤]。

注释

①这是一首感梦之作。可似乎只有第一联写自己梦到佳人，接下来就转变了立场写佳人的情思，佳人的魂牵梦萦。最后两句“淮南皓月冷千山,冥冥归去无人管”颇有情味。

②燕燕、莺莺：对佳人的昵称。

③华胥：黄帝所梦游之华胥国，代指梦。

④薄情：同薄幸，指移情别恋的男子。

⑤冥：通“暝”。暗。

庆宫春[①]

双桨莼波，一蓑松雨，暮愁渐满空阔。呼我盟鸥，翩翩欲下，背人还过木末。那回归去，荡云雪，孤舟夜发。伤心重见，依约眉山，黛痕低压。　　采香径里春寒，老子婆娑[②]，自歌谁答？垂虹西望，飘然引去，此兴平生难遏。酒醒波远，正凝想、明珰素袜。如今安在？唯有阑干，伴人一霎。

注释

①庆宫春：词牌名，又名“庆春宫”。双调，100字，平韵。这是一首江上感兴词，并寄托了作者寄情山水的旷达情怀。此词本有序：“绍熙辛亥除夕，予别石湖归吴兴，雪后夜过垂虹，尝赋诗云：‘笠泽茫茫雁影微，玉峰重叠护云衣。长桥寂寞春寒夜，只有诗人一舸归。’后五年冬，复与俞商卿、张平甫、铦朴翁自封禺同载诣梁溪，道经吴松。山寒天迥，云浪四合。中夕相呼步垂虹，星斗下垂，错杂渔火，朔吹凛凛，卮酒不能支。朴翁以衾自缠，犹相与行吟。因赋此阕，盖过旬涂稿乃定。朴翁咎余无益，然意所耽，不能自已也。平甫、商卿、朴翁皆工于诗，所出奇诡，余亦强追逐之。此行既归，各得五十余解。”

②老子：老夫。

齐天乐[1]

庾郎先自吟愁赋[2]，凄凄更闻私语。露湿铜铺，苔侵石井，都是曾听伊处[3]。哀音似诉。正思妇无眠，起寻机杼。曲曲屏山，夜凉独自甚情绪？　　西窗又吹暗雨。为谁频断续[4]，相和砧杵[5]？候馆迎秋，离宫吊月，别有伤心无数。《豳》诗漫与[6]。笑篱落呼灯，世间儿女。写入琴丝，一声声更苦。

注释

①齐天乐：词牌名，双调，102字，仄韵。

此词本有序："丙辰岁与张功甫会饮张达可之堂，闻屋壁间蟋蟀有声，功甫约予同赋，以授歌者。功甫先成，辞甚美。予裴回茉莉花间，仰见秋月，顿起幽思，寻亦得此。蟋蟀，中都呼为促织，善斗。好事者或以三二十万钱致一枚，镂象齿为楼观以贮之。"可见这是一首咏蟋蟀词，着笔于一个"愁"字。

②庾郎：庾信。

③伊：指蟋蟀。

④断续：谓促织声断断续续。

⑤相和砧杵：谓蟋蟀声与捣衣声混合。

⑥《豳》诗：指《诗经》中的《豳风·七月》，中有"十月蟋蟀入我床下"句。

琵琶仙[1]

双桨来时，有人似、旧曲桃根桃叶[2]。歌扇轻约飞花，蛾眉正奇绝。春渐远，汀洲自绿，更添了、几声啼鴂。十里扬州，三生杜牧[3]，前事休说。　　又还是、宫烛分烟[4]，奈愁里、匆匆换时节。都把一襟芳思，与空阶榆荚。千万缕、藏鸦细柳，为玉尊、起舞回雪[5]。想见西出阳关[6]，故人初别。

注释

①琵琶仙：姜夔自度曲。

这是一首春游感遇图。原序云："《吴都赋》云：'户藏烟浦，家具画船。'唯吴兴为然。春游之盛，西湖未能过也。己酉岁，予与萧时父载酒南郭，感遇成歌。"

②桃根桃叶：桃叶为晋代王献之妾名，献之曾临渡作歌赠之。桃根为桃叶妹。

③三生杜牧：语出黄庭坚《广陵早春》诗："春风十里卷珠帘，仿佛三生杜牧之。"

④宫烛分烟：语出韩翃《寒食》："日暮汉宫传蜡烛，轻烟散入五侯家。"

⑤雪：喻柳絮。

⑥西出阳关：语出王维《送元二使安西》："劝君更尽一杯酒，西出阳关无故人。"

八归[1]

湘中送胡德华

芳莲坠粉，疏桐吹绿，庭院暗雨乍歇。无端抱影销魂处，还见筱墙萤暗[2]，藓阶蛩切。送客重寻西去路，问水面琵琶谁拨[3]？最可惜、一片江山，总付与啼鴂。　　长恨相从未款，而今何事，又对西风离别？渚寒烟淡，棹移人远，缥缈行舟如叶。想文君望久[4]，倚竹愁生步罗袜。归来后，翠尊双饮，下了珠帘，玲珑闲看月[5]。

注释

①八归：词牌名，双调，150 字，仄韵。

这首送别词，写送别时的情景，寄寓了深深别情。

②筱 xiǎo：细竹。

③水面琵琶：语出白居易《琵琶行》："忽闻水上琵琶声，主人忘归客不发。"

④文君：卓文君。

⑤"倚竹"以下诸句：出自李白《玉阶怨》："玉阶生白露，夜久侵罗袜。却下水晶帘，玲珑望秋月。"

念奴娇[1]

闹红一舸，记来时尝与鸳鸯为侣。三十六陂人未到[2]，水佩风裳无数[3]。翠叶吹凉，玉容消酒，更洒菰蒲雨[④]。嫣然摇动，冷香飞上诗句。　　日暮青盖亭亭，情人不见，争忍凌波去？只恐舞衣寒易落，愁入西风南浦。高柳垂阴，老鱼吹浪，留我花间住。田田多少[⑤]，几回沙际归路。

注释

①这首词写秋游情致。原序云："余客武陵，湖北宪治在焉。古城野水，乔木参天。余与二三友日荡舟其间，薄荷花而饮，意象幽闲，不类人境。秋水且涸，荷叶出地寻丈，因列坐其下，上不见日，清风徐来，绿云自动。间于疏处窥见游人画船，亦一乐也。朅来吴兴，数得相羊荷花中。又夜泛西湖，光景奇绝。故以此句写之。"

②陂bēi：池塘。

③水佩风裳：指荷花荷叶。

④菰gū蒲：水草。

⑤田田：语出汉乐府《相和歌辞》："江南可采莲，莲叶何田田。"

扬州慢[①]

淮左名都[②]，竹西佳处[③]，解鞍少驻初程。过春风十里[④]，尽荠麦青青。自胡马窥江去后，废池乔木，犹厌言兵。渐黄昏，清角吹寒，都在空城。　　杜郎俊赏，算而今、重到须惊。纵豆蔻词工[⑤]，青楼梦好[⑥]，难赋深情。二十四桥仍在[⑦]，波心荡、冷月无声。念桥边红药，年年知为谁生？

注释

①扬州慢：姜夔自度曲。

这首词是作者 21 岁时路经扬州时有感而作。原序云："淳熙丙申至日，予过维扬。夜雪初霁，荠麦弥望。入其城则四顾萧条，寒水自碧。暮色渐起，戍角悲吟。予怀怆然，感慨今昔，因自度此曲。千岩老人以为有《黍离》之悲也。"

②淮左：即淮东，扬州在这一带。

③竹西：扬州城东禅智寺侧有竹西亭。杜牧《题禅智寺》："谁知竹西路，歌吹是扬州。"

④春风十里：语出杜牧《赠别》："春风十里扬州路，卷上珠帘总不如。"

⑤豆蔻词：语出杜牧《赠别》："娉娉袅袅十三余，豆蔻梢头二月初。"

⑥青楼梦：语出杜牧《遣怀》："十年一觉扬州梦，赢得青楼薄幸名。"

⑦二十四桥：语出杜牧《寄扬州韩绰判官》："二十四桥明月夜，玉人何处教吹箫？"

长亭怨慢①

渐吹尽、枝头香絮，是处人家，绿深门户。远浦萦回，暮帆零乱向何许？阅人多矣，谁得似长亭树？树若有情时，不会得青青如此！　　日暮，望高城不见，只见乱山无数。韦郎去也②，怎忘得玉环分付：第一是早早归来，怕红萼无人为主。算空有并刀③，难剪离愁千缕④。

注释

①长亭怨慢：姜夔自度曲。

这是一首惜别词。原序云："余颇喜自制曲。初率意为长短句，然后协以律，故前后阕多不同。桓大司马云：'昔年种柳，依依汉南；今看摇落，凄怆江潭；树犹如此，人何以堪？'此语余深爱之。"可见这是一首咏柳词，借咏柳写别后的相思与离愁。细腻深婉，曲尽其妙。

②韦郎去也：相传唐时韦皋游江夏，与青衣玉箫有情，别时留玉指环，约少则五年，多则七年来迎娶。八年不至，玉箫绝食而死。

③并刀：并州剪刀。

④剪离愁：语出李煜《相见欢》："剪不断，理还乱，是离愁。"

淡黄柳①

空城晓角，吹入垂杨陌。马上单衣寒恻恻。看尽鹅黄嫩绿，都是江南旧相识。　　正岑寂。明朝又寒食。强携酒，小桥宅，怕梨花落尽成秋色。燕燕飞来，问春何在？惟有池塘自碧。

注释

①淡黄柳：姜夔自度曲。

这是一首伤春词。原序云："客居合肥南城赤阑桥之西，巷陌凄凉，与江左异；惟柳色夹道，依依可怜。因度此曲，以纾客怀。"

暗　香[①]

旧时月色，算几番照我，梅边吹笛？唤起玉人，不管清寒与攀摘。何逊而今渐老[②]，都忘却、春风词笔。但怪得、竹外疏花，香冷入瑶席。　　江国，正寂寂。叹寄与路遥，夜雪初积。翠尊易泣，红萼无言耿相忆。长记曾携手处，千树压、西湖寒碧。又片片吹尽也，几时见得？

注释

①暗香：姜夔自度曲，为咏梅词，名出林逋《山园小梅》："疏影横斜水清浅，暗香浮动月黄昏。"

原序云："辛亥之冬，予载雪诣石湖。止既月，授简索句，且征新声，作此两曲。石湖把玩不已，使二妓肄习之，音节谐婉，乃名之曰《暗香》《疏影》。"

②何逊：南梁诗人，在扬州有《咏早梅》诗。

疏　影[1]

苔枝缀玉[2]，有翠禽小小，枝上同宿。客里相逢，篱角黄昏，无言自倚修竹。昭君不惯胡沙远，但暗忆、江南江北；想佩环、月夜归来，化作此花幽独。　　犹记深宫旧事[3]，那人正睡里，飞近蛾绿[4]。莫似春风，不管盈盈，早与安排金屋。还教一片随波去，又却怨、玉龙哀曲[5]。等恁时、重觅幽香，已入小窗横幅。

注释

①疏影：姜夔自度曲，见《暗香》。

②苔枝：长着苔藓的梅枝。

③深宫旧事：南朝寿阳宫主梅妆事。

④蛾绿：指眉黛。

⑤玉龙：笛名。

翠楼吟[1]

月冷龙沙[2]，尘清虎落[3]，今年汉酺初赐[4]。新翻胡部曲，听毡幕元戎歌吹[5]。层楼高峙。看槛曲萦红，檐牙飞翠。人姝丽，粉香吹下，夜寒风细。　　此地，宜有词仙，拥素云黄鹤，与君游戏。玉梯凝望久，但芳草萋萋千里。天涯情味。仗酒祓清愁[6]，花消英气。西山外，晚来还卷，一帘秋霁。

注释

①翠楼吟：姜夔自度曲。

原序云："淳熙丙午冬，武昌安远楼成，与刘去非诸友落之，度曲见志。予去武昌十年，故人有泊舟鹦鹉洲者，闻小姬歌此词，问之，颇能道其事；还吴，为余言之。兴怀昔游，且伤今之离索也。"

②龙沙：泛指塞外沙漠。

③虎落：护城篱笆。

④汉酺pú：皇帝特许的大聚饮。

⑤毡幕：北方少数民族用毡幕盖屋。

⑥祓fú：祛除。

杏花天[①]

绿丝低拂鸳鸯浦。想桃叶、当时唤渡。又将愁眼与春风，待去；倚兰桡，更少驻。　　金陵路、莺吟燕舞。算潮水、知人最苦。满汀芳草不成归，日暮；更移舟，向甚处？

注释

①杏花天：词牌名。

姜词原序云："丙午之冬，发沔口。丁未正月二日，道金陵。北望淮、楚，风日清淑，小舟挂席，容与波上。"

一萼红①

古城阴。有官梅几许，红萼未宜簪。池面冰胶，墙阴雪老，云意还又沉沉。翠藤共、闲穿径竹，渐笑语、惊起卧沙禽。野老林泉，故王台榭，呼唤登临。　　南去北来何事，荡湘云楚水，目极伤心。朱户粘鸡②，金盘簇燕③，空叹时序侵寻④。记曾共、西楼雅集，想垂柳、还袅万丝金。待得归鞍到时，只怕春深。

注释

①一萼红：词牌名。双调，108 字。

姜词原序云："丙午人日，予客长沙别驾之观政堂。堂下曲沼，沼西负古垣，有卢橘幽篁，一径深曲。穿径而南，官梅数十株，如椒如菽，或红破白露，枝影扶疏。著屐苍苔细石间，野兴横生，亟命驾登定王台，乱湘流、入麓山；湘云低昂，湘波容与。兴尽悲来，醉吟成调。"

②粘鸡：帖画鸡于门上辟邪。

③簇燕：春盘中堆叠的制成燕形的食品。

④侵寻：消逝。

霓裳中序第一①

亭皋正望极。乱落江莲归未得。多病却无气力。况纨扇渐疏，罗衣初索。流光过隙。叹杏梁、双燕如客。人何在？一帘淡月，仿佛照颜色。　　幽寂。乱蛩吟壁。动庾信、清愁似织。沉思年少浪迹。笛里关山，柳下坊陌。坠红无信息。漫暗水、涓涓溜碧。飘零久，而今何意，醉卧酒垆侧。

注释

①霓裳中序第一：姜夔自度曲。

原序云："丙午岁，留长沙，登祝融，因得其祠神之曲，曰《黄帝盐》《苏合香》；又于乐工故书中得《商调·霓裳曲》十八阕，皆虚谱无辞。按沈氏《乐律》，《霓裳》'道调'，此乃'商调'。乐天诗云'散序六阕'，此特两阕，未知孰是。然音节闲雅，不类今曲。予不暇尽作，作'中序'一阕，传于世。予方羁游，感此古音，不自知其辞之怨抑也。"

章良能（？—1214），**字达之，丽水（今属浙江）人。淳熙五年**（1178）**进士，累官至参知政事。**

小重山[①]

柳暗花明春事深。小阑红芍药，已抽簪[②]。雨余风软碎鸣禽[③]，迟迟日，犹带一分阴。　　往事莫沉吟。身闲时序好，且登临。旧游无处不堪寻。无寻处，惟有少年心。

注释

①小重山：词牌名。双调，58字，平韵。
这首词写春游故地，景物欣然如旧，可自己的“少年心”却一去不复返了。

②抽簪：喻开花。

③碎鸣禽：指鸟声细碎。

刘过（1154—1206），字改之，号龙洲道人，太和（今江西泰和）人。终身未入仕，漫游江浙一带，晚年居昆山（在今江苏）而殁。他流落江湖仍不忘忧国，曾上书朝廷提出恢复中原的方略。又曾从辛弃疾游。有《龙洲集》《龙洲词》。

唐多令[①]

芦叶满汀洲，寒沙带浅流。二十年重过南楼。柳下系船犹未稳，能几日，又中秋？　黄鹤断矶头，故人曾到不？旧江山浑是新愁。欲买桂花同载酒[②]，终不似、少年游。

注释

①唐多令：词牌名，也作“糖多令”，又名“南楼令”。双调，60字，平韵。

刘词原序云：“安远楼小集，侑觞歌板之姬黄其姓者，乞词于龙洲道人，为赋此《糖多令》。同柳阜之、刘去非、石民瞻、周嘉仲、陈孟参、孟容。时八月五日也。”这是一首登临之作，歌调婉转蕴藉，耐人寻味。

②桂花：酒名。

严仁 生卒年不详。字次山，号樵溪，邵武（今属福建）人。与严羽、严参并称“邵武三严”。

木兰花[①]

春风只在园西畔，荠菜花繁胡蝶乱。冰池晴绿照还空，香径落红吹已断。　　意长翻恨游丝短，尽日相思罗带缓[②]。宝奁明月不欺人，明日归来君试看。

注释

①这是一首闺情词，写得比较生动。

②缓：宽松。

俞国宝 生卒年不详。临川（今江西抚州市）人。淳熙时太学生。

风入松[①]

一春长费买花钱，日日醉湖边。玉骢惯识西湖路，骄嘶过、沽酒楼前。红杏香中箫鼓，绿杨影里秋千。　　暖风十里丽人天，花压鬓云偏。画船载取春归去，余情付、湖水湖烟。明日重扶残醉，来寻陌上花钿。

注释

①风入松：词牌名。《琴集》曰："风入松，晋嵇康所作也。"双调，74字，或76字，平韵。

这是一首西湖游赏词，语言明快而有韵味。

张镃（1153—1235），**字功甫，号约斋。工书画，善诗词，风格艳丽。有《南湖集》。**

满庭芳[①]

促织儿

月洗高梧，露漙幽草，宝钗楼外秋深。土花沿翠，萤火坠墙阴。静听寒声断续，微韵转、凄咽悲沉。争求侣，殷勤劝织，促破晓机心。　　儿时曾记得，呼灯灌穴，敛步随音。任满身花影，犹自追寻。携向华堂戏斗。亭台小、笼巧妆金。今休说，从渠床下[②]，凉夜伴孤吟。

注释

①这首词借咏蟋蟀以写幽独情思。上片写清冷的环境中听到蟋蟀微吟。下片转而写儿时捉蟋蟀戏斗的情趣，衬托出今日的孤独。

②渠：它。

宴山亭[①]

幽梦初回，重阴未开，晓色催成疏雨。竹槛气寒，蕙畹声摇[②]，新绿暗通南浦。未有人行，才半启回廊朱户。无绪，空望极霓旌[③]，锦书难据。　　苔径追忆曾游，念谁伴秋千，彩绳芳柱。犀奁黛卷[④]，凤枕云孤，应也几番凝伫。怎得伊来，花雾绕、小堂深处。留住，直到老不教归去。

注释

①这是一首闺情词。上片写凄冷无聊的现状，下片回想过去，盼望未来。

②蕙畹 wǎn 声摇：谓种兰蕙之地因风雨而有声。

③霓旌：旌旗般的云霓。

④犀奁：犀角饰的妆奁。

史达祖 生卒年不详。字邦卿，号梅溪，汴（今河南开封）人。居杭州。曾在韩侂胄门下掌文书，韩败，受黥刑。他的词以咏物工巧著称。有《梅溪词》。

绮罗香[1]

春雨

做冷欺花，将烟困柳，千里偷催春暮。尽日冥迷，愁里欲飞还住。惊粉重、蝶宿西园，喜泥润、燕归南浦。最妨他、佳约风流，钿车不到杜陵路[2]。　　沉沉江上望极，还被春潮晚急，难寻官渡[3]。隐约遥峰，和泪谢娘眉妩。临断岸、新绿生时，是落红、带愁流处。记当日、门掩梨花，剪灯深夜语。

注释

①绮罗香：史达祖自度曲。这是一首咏物词，极雕琢之。

②杜陵：地名。

③官渡：公设渡口。

双双燕[1]

咏燕

过春社了，度帘幕中间，去年尘冷。差池欲住[2]，试入旧巢相并。还相雕梁藻井[3]，又软语商量不定。飘然快拂花梢，翠尾分开红影。　　芳径，芹泥雨润。爱贴地争飞，竞夸轻俊。红楼归晚，看足柳昏花暝。应自栖香正稳，便忘了、天涯芳信。愁损翠黛双蛾，日日画阑独凭。

注释

①双双燕：史达祖自度曲。此词咏燕，用尽锦言绣语。

②差池：燕子飞过时羽翼舒展不齐的样子。

③相：看。藻井：天花板。

东风第一枝[①]

春雪

巧沁兰心，偷粘草甲[②]，东风欲障新暖。漫疑碧瓦难留，信知暮寒犹浅。行天入境，做弄出、轻松纤软。料故园、不卷重帘，误了乍来双燕。　　青未了、柳回白眼，红欲断、杏开素面。旧游忆着山阴[③]，后盟遂妨上苑[④]。熏炉重熨，便放慢、春衫针线。恐凤靴挑菜归来，万一灞桥相见。

注释

①东风第一枝：词牌名。又名"琼林第一枝"。双调，100字，仄韵。据传为吕渭老首创，原为咏梅而作。

本词为咏雪的上乘之作。写出了春雪突降的奇趣和惊喜，极具生活情趣。

②草甲：草萌芽时所带的种皮。

③山阴：今绍兴。东晋王徽之居此。

④上苑：指西汉梁孝王刘武的兔园。

喜迁莺[1]

月波疑滴，望玉壶天近，了无尘隔。翠眼圈花，冰丝织练，黄道宝光相直。自怜诗酒瘦，难应接许多春色。最无赖，是随香趁烛，曾伴狂客。　　踪迹，漫记忆，老了杜郎[2]，忍听东风笛。柳院灯疏，梅厅雪在，谁与细倾春碧[3]？旧情拘未定，犹自学当年游历。怕万一，误玉人夜寒帘隙。

注释

①这是一首元宵感怀词。上片写月天美景和无聊情态，下片怀旧。全词错彩镂金。

②杜郎：杜牧。

③春碧：美酒名。

三姝媚[1]

烟光摇缥瓦[2]，望晴檐多风，柳花如洒。锦瑟横床，想泪痕尘影，凤弦常下。倦出犀帷，频梦见、王孙骄马。讳道相思，偷理绡裙，自惊腰衩[3]。　　惆怅南楼遥夜，记翠箔张灯，枕肩歌罢。又入铜驼，遍旧家门巷，首询声价。可惜东风，将恨与、闲花俱谢。记取崔徽模样[4]，归来暗写。

注释

①三姝媚：史达祖自度曲。

这是一首恋情词，写得极其委曲，令人捉摸不透。

②缥piǎo：青白色。

③自惊腰衩：意惊瘦。

④崔徽：唐歌女。

秋 霁[1]

江水苍苍，望倦柳愁荷，共感秋色。废阁先凉，古帘空暮，雁程最嫌风力。故园信息。爱渠入眼南山碧。念上国，谁是、脍鲈江汉未归客[2]。　　还又岁晚、瘦骨临风，夜闻秋声，吹动岑寂。露蛩悲、青灯冷屋，翻书愁上鬓毛白。年少俊游浑断得。但可怜处，无奈苒苒魂惊，采香南浦，剪梅烟驿[3]。

注释

①秋霁：词牌名，始于宋人胡浩然。此词多种格体。

这是一首悲秋词。大约是词人在北伐失败后流放江汉时所作。

②脍鲈：引《世说新语》张季鹰典。

③剪梅烟驿：用陆凯寄梅事。

夜合花[1]

柳锁莺魂，花翻蝶梦，自知愁染潘郎。轻衫未揽，犹将泪点偷藏。念前事，怯流光，早春窥、酥雨池塘。向消凝里，梅开半面，情满徐妆[2]。　　风丝一寸柔肠，曾在歌边惹恨，烛底萦香。芳机瑞锦，如何未织鸳鸯。人扶醉，月依墙，是当初、谁敢疏狂！把闲言语，花房夜久，各自思量。

注释

①夜合花：词牌名。又名“合次”，双调，100字，平韵。这是一首怀人之作。如周济云：“梅溪甚有心思，而用笔多涉尖巧。”

②徐妆：《南史·后妃传》：“妃以帝眇一目，每知帝将至，必为半面妆以俟，帝见则大怒而出。”

玉蝴蝶[1]

晚雨未摧宫树，可怜闲叶，犹抱凉蝉。短景归秋，吟思又接愁边。漏初长、梦魂难禁，人渐老、风月俱寒。想幽欢土花庭甃[2]，虫网阑干。　　无端啼蛄搅夜，恨随团扇，苦近秋莲。一笛当楼，谢娘悬泪立风前。故园晚、强留诗酒，新雁远、不致寒暄。隔苍烟、楚香罗袖，谁伴婵娟。

注释

①这是一首思乡怀人之作。上片写秋天萧瑟之景，下片写自己无端的漫想。

②庭甃zhòu：井壁。

八　归[①]

秋江带雨，寒沙萦水，人瞰画阁愁独。烟蓑散响惊诗思，还被乱鸥飞去，秀句难续。冷眼尽归图画上，认隔岸、微茫云屋。想半属、渔市樵村，欲暮竞然竹[②]。　　须信风流未老，凭持尊酒，慰此凄凉心目。一鞭南陌，几篙官渡，赖有歌眉舒绿[③]。只匆匆残照，早觉闲愁挂乔木。应难奈故人天际，望彻淮山，相思无雁足[④]。

注释

①这首词写秋日对景无聊的愁情。

②然：通“燃”。

③舒绿：指展眉。

④雁足：指书信。

刘克庄（1187—1269），字潜夫，号后村居士，莆田（今属福建）人。淳祐六年（1246），赐同进士出身，官致龙图阁学士。其词风近于辛弃疾，只是多消极颓废词。有《后村先生大全集》，中有词五卷 。

木兰花[①]

戏呈林节推乡兄

年年跃马长安市，客舍似家家似寄。青钱换酒日无何[②]，红烛呼卢宵不寐[③]。　　易挑锦妇机中字，难得玉人心下事。男儿西北有神州，莫滴水西桥畔泪。

注释

①这首词前三联极力描写友人的浪荡行为，最后两句规劝友人以国家大事为重，不要沉迷酒色。全词写得新鲜活泼，韵味跃然纸上。

②日无何：成天无所事事。

③呼卢：赌博。

贺新郎[①]

九日

湛湛长空黑，更那堪斜风细雨，乱愁如织。老眼平生空四海，赖有高楼百尺，看浩荡、千崖秋色。

白发书生神州泪，尽凄凉、不向牛山滴[2]。追往事，去无迹。　　少年自负凌云笔，到而今春华落尽，满怀萧瑟。常恨世人新意少，爱说南朝狂客[3]。把破帽年年拈出。若对黄花孤负酒，怕黄花也笑人岑寂。鸿北去，日西匿。

注释

①这首词起句就气象不凡，承句抒怀更是妙不可言。接下来写登高所见所感，极能尽意。下片叹少年才气消磨，用典不着痕迹。最后用“鸿北去，日西匿”作结，颇得清远之神韵。

②牛山：《晏子春秋》载：“景公游于牛山，北临其国而流涕。”

③南朝狂客：指东晋孟嘉，他曾参加桓温的重阳龙山宴会，风吹帽落而不觉。

贺新郎[1]

端午

深院榴花吐，画帘开、綀衣纨扇[2]，午风清暑。儿女纷纷夸结束[3]，新样钗符艾虎[4]。早已有游人观渡。老大逢场慵作戏[5]，任陌头、年少争旗鼓。溪雨急，浪花舞。　　灵均标致高如许[6]，忆生平既纫兰佩[7]，更怀椒糈[8]。谁信骚魂千载后，波底垂涎角黍[9]。又说是蛟馋龙怒。把似而今醒到了[10]，料当年、醉死差无苦。聊一笑，吊千古。

注释

①这首词描述端午节的民俗活动，借咏屈原，寄托了心中的感慨。用语诙谐，颇具讽刺意味。

②练shū衣：粗麻衣。

③结束：打扮。

④钗符艾虎：端午节采艾制成虎形的钗头符，戴之可辟邪。

⑤老大：指自已老了。

⑥灵均：屈原字。

⑦纫兰佩：屈原《离骚》："纫秋兰以为佩。"

⑧怀椒糈xǔ：屈原《离骚》："怀椒糈而要之。"

⑨角黍：即粽子。

⑩把似：假如。

生查子[①]

元夕戏陈敬叟

繁灯夺霁华，戏鼓侵明发[②]。物色旧时同，情味中年别。　　浅画镜中眉，深拜楼中月。人散市声收，渐入愁时节。

注释

①这首词名为戏作，内容却不全是戏谑，写出了人生的感慨。

②明发：黎明。

卢祖皋 生卒年不详。字申之，又字次夔，号蒲江，永嘉（今浙江温州）人。庆元五年（1199）进士，任池州教授、吴江主薄等。有《蒲江词稿》。

江城子[①]

画楼帘暮卷新晴，掩银屏，晓寒轻。坠粉飘香，日日唤愁生。暗数十年湖上路，能几度、着娉婷？　　年华空自感漂零，拥春酲，对谁醒？天阔云闲，无处觅萧声。载酒买花年少事，浑不似、旧心情。

注释

①这首词写伤往怀旧、空虚落寞的愁苦心情。上片写词人见天转晴，就把画楼的帘幕卷起，虽然用屏风遮着，仍能感觉习习凉意，落花飘散，芳香四溢，从而引发词人阵阵愁叹。下片词人自叹飘零，日日醉酒而无人关心慰藉。追忆年轻时载酒买花，畅游湖上，伴美人，品箫声，何其风流。而今年华飘零，伊人已逝，自己也没有寻欢作乐的心情了。全词语句清丽圆润，空灵蕴藉。

宴清都[①]

春讯飞琼管[②]，风日薄，度墙啼鸟声乱。江城次第[③]，笙歌翠合，绮罗香暖。溶涧渌冰泮[④]，醉梦里，年华暗换。料黛眉，重锁隋堤，芳心还动梁苑[⑤]。　　新来雁阔云音，鸾分鉴影[⑥]，无计重见。春啼细雨，笼愁淡月，恁时庭院。离肠未语先断，算犹有凭高望眼。更那堪衰草连天，飞梅弄晚。

注释

①宴清都：词牌名。双调，102字，仄韵。

这首词写伤逝念远之情。上片写冬去春来，风和日丽，百鸟争鸣，一派春意盎然的景色，牵动情思。下片细述分别之苦、相思之情。

②琼管：古时预测节气变化的器具。

③次第：光景。

④渌lù：清澈。泮：融化。

⑤梁苑：又名“梁园”“兔园”，西汉梁孝王刘武所筑，为古代著名园林。

⑥鸾分鉴影：用孤鸾照镜事。

潘牥（1205—1246），字庭坚，号紫岩，福州富沙（今属福建）人。端平二年（1235）进士。有《紫岩集》。

南乡子①

题南剑州妓馆

生怕倚阑干，阁下溪声阁外山。惟有旧时山共水，依然，暮雨朝云去不还。　　应是蹑飞鸾，月下时时整佩环。月又渐低霜又下，更阑，折得梅花独自看。

注释

①这首词写词人旧地重游，触景生情，从而引发了对昔日恋人的深切怀念。全词情致深婉，神思飘逸，饶有余味。

陆叡（？—1266），字景思，号云西，会稽（今浙江绍兴）人。绍定五年（1232）进士，任集英殿修撰等职。存词三首。

瑞鹤仙[1]

湿云粘雁影，望征路，愁迷离绪难整。千金买光景，但疏钟催晓，乱鸦啼暝。花悰暗省[2]，许多情，相逢梦境。便行云都不归来，也合寄将音信。　　孤迥，盟鸾心在，跨鹤程高[3]，后期无准。情丝待剪，翻惹得旧时恨。怕天教何处，参差双燕，还染残朱剩粉。对菱花与说相思[4]，看谁瘦损？

注释

①这首词写女子与情人离别时的依恋和别后的相思，写得极为婉转微妙，反映出南宋词人在相思等传统题材上的功力。

②花悰：花的心绪。

③跨鹤：指成仙飞升。

④菱花：指镜子。

吴文英 （1212？—1272？），字君特，号梦窗，晚号觉翁，四明（今浙江宁波）人。本姓翁，过继给吴氏。一生没有做过官，为人做幕僚，因此作品多以唱和为主。其词注重音律，用字典雅，含蓄柔婉，善用典故，是南宋风雅词派的主要代表。有《梦窗甲乙丙丁稿》。

渡江云[1]

西湖清明

羞红鬓浅恨，晚风未落，片绣点重茵[2]。旧堤分燕尾[3]，桂棹轻鸥，宝勒倚残云[4]。千丝怨碧，渐路入仙坞迷津。肠漫回，隔花时见、背面楚腰身。　　逡巡，题门惆怅[5]，堕履牵萦[6]。数幽期难准，还始觉留情缘眼，宽带因春[7]。明朝事与孤烟冷，做满湖风雨愁人。山黛暝，尘波澹绿无痕。

注释

①渡江云：词牌名。双调，100字，上片四平韵，下片一仄韵四平韵。

这首词名为写西湖，很可能蕴含着一段“西湖之恋”。意象清美而又朦胧，笔意令人捉摸不透。

②重茵：厚席垫，喻草地。

③旧堤分燕尾：白堤西端和苏堤北端相连，两堤交叉，开如燕尾。

④宝勒：指马。

⑤题门：拜访不遇之意。出自《世说新语》吕安题嵇康门事。

⑥堕履：用张良遇黄石公事，意为眷顾。

⑦宽带：瘦损之意。

夜合花[①]

白鹤江入京，泊葑门外有感。

柳暝河桥，莺晴台苑，短策频惹春香[②]。当时夜泊，温柔便入深乡[③]。词韵窄，酒杯长。剪蜡花、壶箭催忙。共追游处，凌波翠陌，连棹横塘。　　十年一梦凄凉[④]。似西湖燕去，吴馆巢荒。重来万感，依前唤酒银罂[⑤]。溪雨急，岸花狂。趁残鸦，飞过苍茫。故人楼上，凭谁指与，芳草斜阳？

注释

①这首词为作者晚年重过苏州，追忆与苏州昔日恋妓的一段情缘而作。笔调细致，犹如一篇小散文。

②策：马鞭。

③温柔便入深乡：据《飞燕外传》，汉成帝初幸赵合德，因她肌体极柔，称之为“温柔乡”。

④十年一梦：语出杜牧《遣怀》：“十年一觉扬州梦，赢得青楼薄幸名。”

⑤罂 yīng：酒器。

霜叶飞[1]

重九

断烟离绪。关心事，斜阳红隐霜树。半壶秋水荐黄花，香噀西风雨[2]。纵玉勒、轻飞迅羽[3]，凄凉谁吊荒台古？记醉蹋南屏，彩扇咽寒蝉，倦梦不知蛮素[4]。　　聊对旧节传杯，尘笺蠹管[5]，断阕经岁慵赋[6]。小蟾斜影转东篱，夜冷残蛩语。早白发、缘愁万缕。惊飙从卷乌纱去。漫细将、茱萸看[7]，但约明年，翠微高处[8]。

注释

①霜叶飞：词牌名。双调，111字，仄韵。

这是一首借景抒怀之词。重阳佳节，但却孤身一人，饱受离别之苦。回忆过往与佳人欢会之事，暗自许下心愿，期待明年能与佳人共度。精雕细琢，犹如一篇浓情散文。

②噀xùn：喷。

③玉勒：指马。迅羽：指鹰。

④蛮素：白居易侍妾小蛮、樊素。

⑤蠹管：被虫蛀的笔。

⑥断阕：没填完的词。

⑦茱萸看：出自杜甫《九日蓝田崔氏庄》："明年此会知谁健，醉把茱萸仔细看。"

⑧翠微：指青山。杜牧《九日齐山登高》："江涵秋影雁初飞，与客携壶上翠微。"

宴清都[①]

连理海棠

绣幄鸳鸯柱，红情密，腻云低护秦树。芳根兼倚，花梢钿合，锦屏人妒。东风睡足交枝，正梦枕、瑶钗燕股[②]。障滟蜡、满照欢丛[③]，嫠蟾冷落羞度[④]。　　人间万感幽单，华清惯浴[⑤]，春盎风露[⑥]。连鬟并暖，同心共结，向承恩处。凭谁为歌《长恨》[⑦]？暗殿锁、秋灯夜语。叙旧期、不负春盟，红朝翠暮。

注释

①这是一首咏物词。词中展开想象，将许多情景与海棠联系起来。

②瑶钗燕股：玉钗分双股如燕尾。喻海棠交枝。

③滟蜡：跳跃的烛光。

④嫠lí：寡妇。蟾：代指月宫。嫠蟾指月宫中孤单的嫦娥。

⑤华清：池名，杨贵妃曾浴于此。

⑥盎àng：注满。

⑦《长恨》：白居易的《长恨歌》，写唐玄宗与杨贵妃的生死爱恋。

齐天乐[①]

烟波桃叶西陵路[②]，十年断魂潮尾。古柳重攀，轻鸥骤别，陈迹危亭独倚。凉飔乍起[③]。渺烟碛飞帆[④]，暮山横翠。但有江花，共临秋镜照憔悴。　　华堂烛暗送客，眼波回盼处，芳艳流水。素骨凝冰，柔葱蘸雪，犹忆分瓜深意[⑤]。清尊未洗，梦不湿行云，漫沾残泪。可惜秋宵，乱蛩疏雨里。

注释

①这是一首江上感怀之作。故地重游，不见昔日恋人，追忆过往，徒增思念与凄凉。意蕴隽永，心思细密。

②桃叶：用王献之与其妾送别典。西陵：乐府诗云："何处结同心，西陵松柏下。"二意象均指佳人所在。

③飔sī：凉风。

④碛qì：沙滩。

⑤分瓜：古代文人将"瓜"字拆成两个"八"字，因而分瓜代指十六岁。此指少年情深。

花　犯[①]

郭希道送水仙索赋

小娉婷清铅素靥[②]，蜂黄暗偷晕[③]，翠翘攲鬓。昨夜冷中庭，月下相认，睡浓更苦凄风紧。惊回心未稳，送晓色、一壶葱茜[④]，才知花梦准。　　湘娥化作此幽芳[5]，凌波路[6]，古岸云沙遗恨。临砌影，寒香乱、冻梅藏韵。熏炉畔、旋移傍枕，还又见、玉人垂绀鬒[7]。料唤赏、清华池馆，台杯须满引[8]。

注释

①这是一首咏物词，极写水仙风姿。

②铅：化妆用的铅粉。靥：酒窝。

③蜂黄：妇女用以化妆的黄颜料。形容水仙花。

④葱茜qiàn：青翠茂盛貌。

⑤湘娥：湘江女神。

⑥凌波：水仙又称凌波仙子。

⑦绀鬒gàn zhěn：青而浓的美发。

⑧台杯：大小相套的一套杯子。

浣溪沙[1]

门隔花深旧梦游，夕阳无语燕归愁。玉纤香动小帘钩[2]。　　落絮无声春堕泪，行云有影月含羞，东风临夜冷于秋。

注释

①这词的词采极美。写词人梦入大自然之后感怀人生，流露出纤细凄美之情。

②玉纤：指美人手指。

浣溪沙[1]

波面铜花冷不收[2]，玉人垂钓理纤钩，月明池阁夜来秋。　江燕话归成晓别，水花红减似春休，西风梧井叶先愁。

注释

①这是一首闺怨词。玉人月下孤影，无尽愁思，红减春休，时光流转，一片悲秋中怀人，无限凄凉。

②铜花：铜镜上的花纹，比喻水面上的波纹。

点绛唇[1]

试灯夜初晴

卷尽愁云，素娥临夜新梳洗[2]。暗尘不起，酥润凌波地。　辇路重来[3]，仿佛灯前事[4]。情如水，小楼熏被，春梦笙歌里。

注释

①这首词写雨后元宵清夜的情思，如涓涓细流，若隐若现。

②素娥：嫦娥。

③辇路：御驾经行之路。

④仿佛灯前事：指过去的情事。

祝英台近[1]

春日客龟溪游废园

采幽香，巡古苑，竹冷翠微路。斗草溪根，沙印小莲步[2]。自怜两鬓清霜，一年寒食，又身在、云山深处。　　昼闲度。因甚天也悭春[3]，轻阴便成雨？绿暗长亭，归梦趁风絮。有情花影阑干，莺声门径，解留我、霎时凝伫。

注释

①这首词为作者闲游随感，写荒园败景，衬托自己怀才不遇、四处漂泊的愁思。

②莲步：女子的脚步。

③悭：吝啬。

祝英台近[1]

除夜立春

剪红情，裁绿意，花信上钗股。残日东风，不放岁华去。有人添烛西窗，不眠侵晓[2]，笑声转、新年莺语。　　旧尊俎。玉纤曾擘黄柑[3]，柔香系幽素[4]。归梦湖边，还迷镜中路。可怜千点吴霜[5]，寒消不尽，又相对、落梅如雨。

注释

①这首为作者除夕随感。用细巧的语言展现了作者的

幽思。

②侵晓：临晨。

③擘bò：剖分。

④素：通"愫"。

⑤吴霜：指白发。

澡兰香[①]

淮安重午

盘丝系腕[②]，巧篆垂簪[③]，玉隐绀纱睡觉。银瓶露井，彩箑云窗[④]，往事少年依约。为当时曾写榴裙，伤心红绡褪萼。黍梦光阴[⑤]，渐老汀洲烟箬[⑥]。　莫唱江南古调，怨抑难招，楚江沉魄[⑦]。薰风燕乳，暗雨梅黄，午镜澡兰帘幕。念秦楼也拟人归，应剪菖蒲自酌[⑧]。但怅望、一缕新蟾，随人天角。

注释

①澡兰香：吴文英自度曲。

这是一首端午节感怀之作。端午佳节，客居异乡，怀念家人。全词写了许多端午节风物、民俗，以佳节气氛反衬词人之凄凉。

②盘丝系腕：端午节时在腕上系五色丝线。

③巧篆垂簪：指钗头符，避祸用。

④箑shà：扇子。

⑤黍梦：黄粱梦。

⑥箬ruò：植物名。

⑦楚江沉魄：指屈原魂。古有招魂习俗。

⑧剪菖蒲：端午节剪菖蒲泛酒以辟瘟病。

风入松[①]

听风听雨过清明，愁草瘗花铭[②]。楼前绿暗分携路[③]，一丝柳，一寸柔情。料峭春寒中酒，交加晓梦啼莺。　　西园日日扫林亭，依旧赏新晴。黄蜂频扑秋千索，有当时、纤手香凝。惆怅双鸳不到[④]，幽阶一夜苔生[⑤]。

注释

①这首词写清明时节的伤别情思，意象鲜明，颇有情味，为吴词别格。

②瘗yì：埋藏。

③分携：分别。

④双鸳：比喻美人的鞋子，代指足迹。

⑤苔生：李白《长干行》："门前迟行迹，一一生绿苔。"

莺啼序[①]

春晚感怀

残寒正欺病酒，掩沉香绣户。燕来晚、飞入西城，似说春事迟暮。画船载、清明过却，晴烟冉冉吴宫树。念羁情、游荡随风，化为轻絮。　　十载西湖，傍柳系马，趁娇尘软雾。溯红渐、招入仙溪，锦儿偷寄幽素[②]。倚银屏、春宽梦窄，断红湿、歌纨金缕[③]。暝堤空，轻把斜阳，总还鸥鹭。　　幽兰旋老，杜若还生，水乡尚寄旅。别后访、六桥无信[④]，事往花委，瘗玉埋香，几番风雨。长波妒盼，遥山羞黛，渔灯分影春江宿。记当时、短楫桃根渡。青楼仿佛，临分败壁题诗，泪墨惨淡尘土。　　危亭望极，草色天涯，叹鬓侵半苎[⑤]。暗点检，离痕欢唾[⑥]，尚染鲛绡[⑦]，亸凤迷归[⑧]，破鸾慵舞[⑨]。殷勤待写，书中长恨，蓝霞辽海沉过雁，漫相思、弹入哀筝柱。伤心千里江南，怨曲重招，断魂在否？

注释

①莺啼序：词牌名，为最长词调。240字，分四片，每片各四仄韵。

这首词的创作主旨历来多有争议，但很多学者认为这是吴文英为悼念亡妾所作。前两片忆佳人在世之时二人经历的生别与思念；后两片写佳人死后的无尽遗恨。

②锦儿：钱唐名妓扬爱爱的侍婢。

③断红：指妆泪。

④六桥：西湖苏堤上的六座桥。

⑤苎：苎麻。因其白色而喻白发。

⑥离痕欢唾：离别时的泪痕和欢笑时的唾沫。

⑦鲛 jiāo 绡：丝绸手帕。

⑧骿凤：指凤钗下垂。

⑨破鸾：破镜。

惜黄花慢[①]

送客吴皋[②]。正试霜夜冷[③]，枫落长桥。望天不尽，背城渐杳，离亭黯黯，恨水迢迢。翠香零落红衣老[④]，暮愁锁、残柳眉梢。念瘦腰，沈郎旧日，曾系兰桡。　　仙人凤咽琼箫，怅断魂送远，《九辩》难招。醉鬟留盼，小窗剪烛，歌云载恨，飞上银霄。素秋不解随船去，败红趁、一叶寒涛。梦翠翘。怨鸿料过南谯。

注释

①惜黄花慢：吴文英自度曲。

这是一首送别词，原序云："次吴江小泊，夜饮僧窗惜别，邦人赵簿携小伎侑尊，连歌数阕，皆清真词。酒尽已四鼓，赋此词饯尹梅津。"词中借与友人离别之苦，联系到自己与情人的离别，言在此而意在彼。

②皋：水边高地。

③试霜：初次降霜。

④翠香、红衣：荷叶、荷花。

高阳台[1]

落梅

宫粉雕痕，仙云堕影，无人野水荒湾。古石埋香，金沙锁骨连环。南楼不恨吹横笛，恨晓风、千里关山。半飘零，庭上黄昏，月冷阑干。　　寿阳空理愁鸾[2]。问谁调玉髓，暗补香瘢[3]？细雨归鸿，孤山无限春寒。离魂难倩招清些，梦缟衣、解佩溪边[4]。最愁人，啼鸟晴明，叶底青圆。

注释

①这是一首咏物词，将梅花与人的离思结合，造意颇苦。

②寿阳：寿阳公主，曾作梅花妆。鸾：指镜。

③调玉髓，补香瘢：三国时孙和醉舞如意，误伤邓夫人脸，医谓以白獭髓杂玉与琥珀屑敷之，可除瘢痕。

④缟衣：白衣。解佩溪边：汉刘向《列仙传》载江妃二女于江汉之湄解佩赠相知。

高阳台[1]

丰乐楼分韵得如字

修竹凝妆[2]，垂杨驻马，凭阑浅画成图。山色谁题，楼前有雁斜书。东风紧送斜阳下，弄旧寒、晚酒醒余。自销凝，能几花前，顿老相如[③]。　　伤春不在高楼上，在灯前攲枕，雨外熏炉。怕舣游船，临流可奈清臞[④]。飞红若到西湖底，搅翠澜、总是愁鱼。莫重来，吹尽香绵，泪满平芜。

注释

①这是一首限韵咏楼词，为唱和应酬之作。然此词写得精细用心，将身世之感融入景色描写，写出内心无尽凄凉。

②凝妆：盛妆。

③相如：西汉文学家司马相如。作者自比。

④臞qú：瘦。

三姝媚[①]

过都城旧居有感

湖山经醉惯。渍春衫、啼痕酒痕无限[②]。又客长安，叹断襟零袂，涴尘谁浣[③]？紫曲门荒，沿败井、风摇青蔓。对语东邻，犹是曾巢，谢堂双燕[④]。　　春梦人间须断。但怪得当年梦缘能短[⑤]！绣屋秦筝，傍海棠偏爱，夜深开宴。舞歇歌沉，花未减、红颜先变。伫久河桥欲去，斜阳泪满。

注释

①这是一首感旧词。用浓密的笔调表达出心中的惆怅之情。

②渍：浸染。

③涴wò：污。浣：洗。

④谢堂双燕：语出刘禹锡《乌衣巷》："旧时王谢堂前燕，飞入寻常百姓家。"

⑤能：通"恁"。

八声甘州[①]

陪庾幕诸公游灵岩

渺空烟、四远是何年，青天坠长星？幻苍厓云树，名娃金屋[②]，残霸宫城。箭径酸风射眼，腻水染花腥。时靸双鸳响[③]，廊叶秋声。　宫里吴王沉醉，倩五湖倦客[④]，独钓醒醒[⑤]。问苍波无语，华发奈山青。水涵空、阑干高处，送乱鸦斜日落渔汀。连呼酒，上琴台去，秋与云平。

注释

①这是一首怀古词。写出了开阔的意象，借写吴宫去事道出作者的人生慨叹。

②名娃金屋：吴王夫差为西施所筑的馆娃宫。

③靸sǎ：拖鞋。双鸳响：馆娃宫中有响屧廊，人行其上，空空作响。

④五湖倦客：指越国大夫范蠡，助勾践灭吴后退隐五湖。

⑤醒醒：通"惺惺"。清醒。

踏莎行[1]

润玉笼绡，檀樱倚扇。绣圈犹带脂香浅。榴心空叠舞裙红，艾枝应压愁鬟乱[2]。　　午梦千山，窗阴一箭。香瘢新褪红丝腕[3]。隔江人在雨声中，晚风菰叶生秋怨。

注释

①这是一首感梦怀人词。上片写闺中人的美丽情态，下片写午梦方醒，思绪在梦醒之间飘荡。最后两句颇得迷蒙之致。

②艾枝：端午节时采艾叶制成虎形戴于发间，用以辟邪。

③红丝腕：端午节时结五彩丝系臂，用以辟邪。

瑞鹤仙[1]

晴丝牵绪乱。对沧江斜日，花飞人远。垂杨暗吴苑。正旗亭烟冷，河桥风暖。兰情蕙盼。惹相思，春根酒畔。又争知、吟骨萦消，渐把旧衫重剪。　　凄断。流红千浪，缺月孤楼，总难留燕。歌尘凝扇。待凭信，拚分钿[2]。试挑灯欲写，还依不忍，笺幅偷和泪卷。寄残云剩雨蓬莱，也应梦见。

注释

①这是一首别后怀人之作。上片描写暮春时节漂泊行役的文人难以排遣的离愁别绪。下片设想女子思恋他的一片幽怨。全词情思凄婉，低回萦绕。

②拚分钿：舍弃定情信物以表示断绝关系。

鹧鸪天[①]

化度寺作

池上红衣伴倚阑[②]，栖鸦常带夕阳还。殷云度雨疏桐落[③]，明月生凉宝扇闲。　　乡梦窄，水天宽。小窗愁黛淡秋山。吴鸿好为传归信，杨柳阊门屋数间[④]。

注释

①这首词写作者对住在苏州的亲人的怀念。词人感到孤独凄凉，梦中还乡，看到妻子的愁容，产生了归去的念头。借景抒情，愁思淡淡，韵味悠然。

②红衣：指荷花。

③殷云：浓云。殷yīn，浓，厚。

④阊门：苏州城西门。

夜游宫[①]

人去西楼雁杳，叙别梦，扬州一觉。云淡星疏楚山晓，听啼乌，立河桥，话未了。　　雨外蛩声早，细织就霜丝多少？说与萧娘未知道[2]，向长安，对秋灯，几人老？

注释

①夜游宫：词牌名。双调，57字，仄韵。

这是一首怀人之作，写得意境溶溶，有婉转之致。

②萧娘：泛指女子。

贺新郎[1]

陪履斋先生沧浪看梅

乔木生云气。访中兴英雄陈迹[2]，暗追前事。战舰东风悭借便[3]，梦断神州故里。旋小筑、吴宫闲地。华表月明归夜鹤，叹当时花竹今如此！枝上露，溅清泪。　　遨头小簇行春队[4]。步苍苔、寻幽别坞，问梅开未？重唱梅边新度曲，催发寒梢冻蕊。此心与、东君同意。后不如今今非昔，两无言相对沧浪水。怀此恨，寄残醉。

注释

①这首词借沧浪亭看梅怀念抗金名将韩世忠。“叹当时花竹今如此”“后不如今今非昔”，既是写梅花，又衬托了作者对时事的感慨。

②中兴英雄：指韩世忠。中兴，指宋室南渡。

③战舰东风悭借便：用赤壁借东风事，指韩世忠黄天

荡一战，未能生擒金兀术。

④遨头：指太守。

唐多令[1]

何处合成愁？离人心上秋。纵芭蕉不雨也飕飕。都道晚凉天气好，有明月，怕登楼。　年事梦中休，花空烟水流。燕辞归、客尚淹留[2]。垂柳不萦裙带住，漫长是、系行舟。

注释

①这首词写秋日离愁别绪，造句自然而有情味，不事雕琢，在吴词中当属别格。

②曹丕《燕歌行》："群燕辞归鹄南翔，念君客游多思肠。慊慊思归悉故乡，君何淹留寄他方。"此用其意。

黄孝迈 生卒年不详。字德文，号雪舟。词集已佚。存词三首。

湘春夜月[1]

近清明，翠禽枝上消魂。可惜一片清歌，都付与黄昏。欲共柳花低诉。怕柳花轻薄，不解伤春。念楚乡旅宿，柔情别绪，谁与温存？　　空尊夜泣，青山不语，残照当门。翠玉楼前，惟是有、一陂湘水，摇荡湘云。天长梦短，问甚时、重见桃根？这次第，算人间没个并刀，剪断心上愁痕[2]。

注释

①湘春夜月：黄孝迈自度曲。

这首词专写春日愁情，而不道愁从何来。全词意象鲜明，趣味盎然。

②“这次第”三句：李清照《声声慢》：“这次第，怎一个愁字了得？”李煜《相见欢》：“剪不断，理还乱，是离愁。”

潘希白 生卒年不详。字怀古，号渔庄，永嘉（今浙江温州）人。理宗宝祐元年（1253）进士，宋恭帝德祐间诏命史馆检校，不赴。

大 有[①]

九日

戏马台前[②]，采花篱下[③]，问岁华、还是重九。恰归来、南山翠色依旧。帘栊昨夜听风雨，都不似登临时候。一片宋玉情怀，十分卫郎清瘦[④]。　　红萸佩[⑤]，空对酒。砧杵动微寒，暗欺罗袖。秋已无多，早是败荷衰柳。强整帽檐敧侧[⑥]，曾经向天涯搔首。几回忆、故国莼鲈，霜前雁后。

注释

①大有：本为《易经》卦名，后用作词牌，用周邦彦创调。双调，99字，仄韵。

这首词写重阳悲秋伤今之感。意境清旷，文笔疏散，写景用典，意义深刻，耐人寻味。

②戏马台：位于徐州，相传为项羽所建。东晋之时，刘裕北伐奏捷，途经戏马台时恰逢重阳，于是大宴群僚，以壮军威。

③采花篱下：化用陶渊明“采菊东篱下”句。刘陶二人，一进取，一退隐，此二句道出了词人的矛盾，在进取与归隐之间不知做何选择。

④卫郎：卫玠。⑤红萸佩：佩戴茱萸以辟邪。

⑥整帽：用东晋孟嘉落帽典。

黄公绍 生卒年不详。字直翁，邵武（今属福建）人。咸淳元年（1265）进士。后隐居樵溪。有《在轩词》。

青玉案[①]

年年社日停针线[②]，怎忍见、双飞燕？今日江城春已半，一身犹在，乱山深处，寂寞溪桥畔。　　春衫着破谁针线？点点行行泪痕满。落日解鞍芳草岸，花无人戴，酒无人劝，醉也无人管。

注释

①这首词写社日游子之情。融情于事，浑然无迹，风味十足。“花无人戴，酒无人劝，醉也无人管”，真乃上上佳句。据考证，此词并非黄公绍所作，而系无名氏之词。

②社日：祭社神的日子。停针线：唐宋时妇人在社日忌用针线。

朱嗣发（1234—1304），字士荣，号雪崖，乌程（今浙江湖州）人。宋亡，举充提学学官，不受。

摸鱼儿[1]

对西风、鬓摇烟碧，参差前事流水。紫丝罗带鸳鸯结，的的镜盟钗誓[2]。浑不记、漫手织回文，几度欲心碎。安花着蒂。奈雨覆云翻，情宽分窄[3]，石上玉簪脆[4]。　朱楼外，愁压空云欲坠。月痕犹照无寐。阴晴也只随天意，枉了玉消香碎。君且醉。君不见、长门青草春风泪。一时左计[5]。悔不早荆钗[6]，暮天修竹，头白倚寒翠[7]。

注释

①这是一首弃妇词，写一位被遗弃的妇女复杂的情态。词人借弃妇之恨，托亡国之思。

②的的：清楚。

③情宽分窄：如说有情无份。

④石上玉簪脆：指摔碎玉簪以抒愤。

⑤左计：失策。

⑥荆钗：用荆棘做钗，表示生活贫贱。

⑦“暮天”二句：出自杜甫《佳人》：“天寒翠袖薄，日暮倚修竹。”

刘辰翁（1232—1297），字会孟，号须溪，庐陵（今江西吉安）人。少登陆九渊之门，补太学生。景定三年（1262）进士，以对策触犯贾似道，被置于丙等。后主持濂溪书院。宋亡后隐居不仕。词多感伤时事，沉痛悲切，不假雕琢而真挚动人。

兰陵王[①]

丙子送春

送春去，春去人间无路。秋千外、芳草连天，谁遣风沙暗南浦？依依甚意绪？漫忆海门飞絮。乱鸦过，斗转城荒，不见来时试灯处[②]。　　春去，谁最苦？但箭雁沉边，梁燕无主，杜鹃声里长门暮。想玉树凋土，泪盘如露。咸阳送客屡回顾，斜日未能度。　　春去，尚来否？正江令恨别[③]，庾信愁赋。苏堤尽日风和雨。叹神游故国，花记前度。人生流落，顾孺子，共夜语。

注释

①这是一首送春词，借送春感悼南宋之亡，悲痛之情溢于言表。

②试灯：元宵前张灯试赏。

③江令：江淹。有《恨赋》《别赋》。

宝鼎现[①]

春月

红妆春骑，踏月影、竿旗穿市。望不尽楼台歌舞，习习香尘莲步底。箫声断，约彩鸾归去[②]，未怕金吾呵醉[③]。甚辇路喧阗且止，听得念奴歌起[④]。　　父老犹记宣和事[⑤]，抱铜仙、清泪如水[⑥]。还转盼沙河多丽[⑦]。滉漾明光连邸第，帘影动、散红光成绮。月浸葡萄十里。看往来神仙才子，肯把菱花扑碎。　　肠断竹马儿童，空见说、三千乐指。等多时、春不归来，到春时欲睡。又说向灯前拥髻，暗滴鲛珠坠。便当日亲见《霓裳》，天上人间梦里。

注释

①宝鼎现：词牌名。157字，三片，仄韵。

这是一篇怀旧词作，格调低沉，想昔日繁华，寄托亡国哀思。

②彩鸾：仙女名。

③金吾：官名。

④念奴：歌妓名。

⑤宣和：宋徽宗年号。

⑥铜仙：李贺《金铜仙人辞汉歌》序："魏明帝青龙元年八月，诏宫官牵车，西取汉孝武捧露盘仙人，欲立致前殿。宫官既拆盘，仙人临载，乃潸然泪下。"

⑦沙河：塘名，宋时非常繁华。

永遇乐[①]

璧月初晴，黛云远淡，春事谁主？禁苑娇寒，湖堤倦暖，前度遽如许。香尘暗陌，华灯明昼，长是懒携手去。谁知道，断烟禁夜，满城似愁风雨。　　宣和旧日，临安南渡，芳景犹自如故。缃帙流离[②]，风鬟三五，能赋词最苦。江南无路，鄜州今夜[③]，此苦又谁知否？空相对，残釭无寐，满村社鼓。

注释

①这是一首感怀故国的词。原序云："余自乙亥上元诵李易安《永遇乐》，为之涕下。今三年矣，每闻此词，辄不自堪。遂依其声，又托之易安自喻。虽辞情不及，而悲苦过之。"李清照词见本书 251 页。

②缃 xiāng 帙：浅黄色的书套，代指书。

③鄜 fū 州今夜：出自杜甫《月夜》："今夜鄜州月，闺中只独看。"这里指词人与妻子天各一方，国破家亡，无尽凄凉。

摸鱼儿[①]

酒边留同年徐云屋

怎知他、春归何处？相逢且尽尊酒。少年臮臮天涯恨，长结西湖烟柳。休回首。但细雨断桥，憔悴人归后。东风似旧。向前度桃花，刘郎能记，花复认郎否？　　君且住，草草留君剪韭[②]。前宵正恁时候。深杯欲共歌声滑，翻湿春衫半袖。空眉皱。看白发尊前，已似人人有。临分把手。叹一笑论文，清狂顾曲[③]，此会几时又？

注释

①这是一首与友人惜别的词作。学杜甫《赠卫八处士》的韵藉，寄托了自己国破家亡的悲痛之情。

②剪韭：语出杜甫《赠卫八处士》："夜雨剪春韭，新炊间黄粱。"

③顾曲：欣赏音乐。

周密（1232—1298），字公谨，号草窗、弁阳老人、四水潜夫。济南人。曾居临安府幕僚、义乌令等职，宋亡后不仕，抱遗民亡痛，辑录家乘旧闻，著《齐东野语》《武林旧事》等书，为野史家巨擘。他工书善画，诗词兼才，为宋末词坛领袖。有《草窗词》，又编选《绝妙好词》。

高阳台[①]

送陈君衡被召

照野旌旗，朝天车马，平沙万里天低。宝带金章，尊前茸帽风欹。秦关汴水经行地，想登临、都付新诗。纵英游，叠鼓清笳，骏马名姬。　酒酣应对燕山雪，正冰河月冻，晓陇云飞。投老残年，江南谁念方回[②]？东风渐绿西湖岸，雁已还、人未南归。最关情，折尽梅花，难寄相思。

注释

①这是一首送友人应召去元朝做官的词，词中既有关切，又有讥诮和不满。上片写友人途中春风得意之貌，下片写自己独留江南的寂寞和内心的失落。

②方回：贺铸字。词人自比。

瑶花慢[①]

朱钿宝玦[②]，天上飞琼[③]，比人间春别。江南江北曾未见，漫拟梨云梅雪。淮山春晚，问谁识、芳心高洁？消几番、花落花开，老了玉关豪杰。　　金壶剪送琼枝，看一骑红尘[④]，香度瑶阙[⑤]。韶华正好，应自喜、初识长安蜂蝶。杜郎老矣，想旧事、花须能说。记少年，一梦扬州，二十四桥明月。

注释

①瑶花慢：词牌名，一作“瑶华”。双调，102 字，仄韵。这是一首咏物词，借咏花来喻守节之士。原序云：“后土之花，天下无二本。方其初开，帅臣以金瓶飞骑进之天上，间亦分致贵邸。余客辇下，有以一枝……”（原缺）

②玦：玉佩。

③飞琼：仙女名。

④一骑红尘：出自杜牧《华清宫》：“一骑红尘妃子笑，无人知是荔枝来。”

⑤阙：皇宫。

玉京秋[①]

烟水阔。高林弄残照，晚蜩凄切[②]。碧砧度韵，银床飘叶。衣湿桐阴露冷，采凉花、时赋秋雪。

叹轻别，一襟幽事，砌蛩能说。　　客思吟商还怯。怨歌长、琼壶暗缺。翠扇恩疏，红衣香褪，翻成消歇。玉骨西风，恨最恨、闲却新凉时节。楚箫咽，谁寄西楼淡月。

注释

①玉京秋：周密自度曲。

此为客子感秋词。原序云："长安独客，又见西风，素月丹枫，凄然其为秋也，因调夹钟羽一解。"

②蜩 tiáo：蝉。

曲游春[①]

禁苑东风外[②]，飏暖丝晴絮[③]，春思如织。燕约莺期，恼芳情、偏在翠深红隙。漠漠香尘隔。沸十里乱弦丛笛。看画船尽入西泠[④]，闲却半湖春色。　　柳陌。新烟凝碧。映帘底宫眉，堤上游勒。轻暝笼寒，怕梨云梦冷，杏香愁幂[⑤]。歌管酬寒食。奈蝶怨良宵岑寂。正满湖碎月摇花，怎生去得？

注释

①曲游春：词牌名。双调，102 字，仄韵。

这是一首寒食节唱和词。全词清丽脱俗，为写景之词中的上品。原序云："禁烟湖上薄游，施中山赋词甚佳，余因次其韵。盖平时游舫，至午后则尽入里湖，抵暮始出，断桥小驻而归，非习于游者不知也。故中山极击节余‘闲却半湖春色’之句，谓能道人之所未云。”

②禁苑：皇家园林。

③飏yáng：飘扬。

④西泠líng：桥名，在西湖。

⑤幂：笼罩。

花 犯[①]

赋水仙

楚江湄[②]，湘娥乍见[③]，无言洒清泪。淡然春意。空独倚东风，芳思谁寄？凌波路冷秋无际，香云随步起。漫记得、汉宫仙掌[④]，亭亭明月底。　　冰弦写怨更多情，骚人恨，枉赋芳兰幽芷[⑤]。春思远，谁叹赏、国香风味。相将共、岁寒伴侣，小窗净、沉烟熏翠袂。幽梦觉，涓涓清露，一枝灯影里。

注释

①咏物词，极写水仙花清脱的品质。写得颇有不俗之处。

②湄méi：水边。

③湘娥：指水仙。

④汉宫仙掌：汉武帝造金铜仙人，以手掌擎盘以承甘露。

⑤“骚人恨”二句：出自《离骚》。

蒋捷 生卒年不详。字胜欲，号竹山，阳羡（今江苏宜兴）人。咸淳十年（1274）进士。宋亡，隐居不仕，气节为时人称赞。

瑞鹤仙[①]

乡城见月

绀烟迷雁迹，渐碎鼓零钟，街喧初息。风檠背寒壁[②]，放冰蟾，飞到蛛丝帘隙。琼瑰暗泣，念乡关、霜华似织。漫将身化鹤归来[③]，忘却旧游端的。　欢极蓬壶蕖浸[④]，花院梨溶[⑤]，醉连春夕。柯云罢弈[⑥]，樱桃在[⑦]，梦难觅。劝清光、乍可幽窗相照，休照红楼夜笛。怕人间换谱伊凉[⑧]，素娥未识。

注释

①南宋亡后，蒋捷多年流浪在外。这首词为他初回故乡阳羡，秋夜望月，触动故国情思而作。

②檠 qíng：灯台。

③化鹤：用丁令威事。

④蕖：荷花。

⑤花院梨溶：语出晏殊《寓意》诗："梨花院落溶溶月，柳絮池塘淡淡风。"

⑥柯云罢弈：出自《晋书》："王质入山斫木，见二童围棋。坐观之，及起，斧柯已烂矣。"

⑦樱桃在：出自《酉阳杂俎》："有悦邻女者，梦女遗

二樱桃，食之。及觉，核坠枕侧。”

⑧伊凉：《伊州》和《凉州》二曲。

贺新郎[①]

梦冷黄金屋[②]。叹秦筝、斜鸿阵里，素弦尘扑。化作娇莺飞归去，犹认纱窗旧绿。正过雨、荆桃如菽。此恨难平君知否？似琼台涌起弹棋局[③]。消瘦影，嫌明烛。　　鸳楼碎泻东西玉[④]。问芳踪、何时再展？翠钗难卜。待把宫眉横云样，描上生绡画幅。怕不是、新来妆束。彩扇红牙今都在，恨无人解听开元曲。空掩袖，倚寒竹[⑤]。

注释

①这是一首闺怨词，作者借闺怨托故国之思。

②黄金屋：用汉武帝金屋藏娇典。

③弹棋：古代游戏，比喻时事变化莫定。

④东西玉：指玉制酒器，代指酒。

⑤空掩袖，倚寒竹：出自杜甫《佳人》：“天寒翠袖薄，日暮倚修竹。”

女冠子[①]

元夕

蕙花香也。雪晴池馆如画。春风飞到，宝钗楼上，一片笙箫，琉璃光射[②]。而今灯漫挂。不是暗尘明月，那时元夜。况年来、心懒意怯，羞与蛾儿争耍。　　江城人悄初更打。问繁华谁解，再向天公借？剔残红灺[3]。但梦里隐隐，钿车罗帕。吴笺银粉砑[4]。待把旧家风景，写成闲话。笑绿鬟邻女，倚窗犹唱，夕阳西下[5]。

注释

①女冠子：词牌名。有小令、长调两体。

这是一首元宵词，所写景象变繁华为苍凉，蕴含亡国之痛。

②琉璃：指琉璃灯。宋时元宵节有挂五色玻璃灯之习俗。

③灺 xiè：指灯烛。

④砑 yà：碾磨。

⑤夕阳西下：南宋词人范围《宝鼎现》咏元夕词，首句为“夕阳西下”。此处词人见邻女还会唱宋时旧曲，心中悲喜杂起。

张炎（1248—1314后），字叔夏，号玉田，又号乐笑翁，临安（今浙江杭州）人。宋亡后，抱亡国之痛，漂泊于四明、天台及苏南，寄食于人。精于词学，所撰《词源》是论述词律的专著。所作词多追怀之作，风格近于姜夔，后人并称“姜张”，有《山中白云词》。

高阳台[①]

西湖春感

接叶巢莺[②]，平波卷絮，断桥斜日归船。能几番游？看花又是明年。东风且伴蔷薇住，到蔷薇、春已堪怜。更凄然，万绿西泠，一抹荒烟。　　当年燕子知何处？但苔深韦曲[③]，草暗斜川。见说新愁，如今也到鸥边。无心再续笙歌梦，掩重门、浅醉闲眠。莫开帘，怕见飞花，怕听啼鹃。

注释

①这首词写西湖春游，而风物凄凉，以此抒发亡国之悲。

②接叶巢莺：语出杜甫《陪郑广文游何将军山林》诗：“卑枝低结子，接叶暗巢莺。”

③韦曲：借指甲第富宅。

渡江云[1]

久客山阴，王菊存问予近作，书以寄之。

山空天入海，倚楼望极，风急暮潮初。一帘鸠外雨，几处闲田，隔水动春锄。新烟禁柳，想如今、绿到西湖。犹记得、当年深隐，门掩两三株。　　愁余。荒洲古溆，断梗疏萍，更漂流何处？空自觉围羞带减，影怯灯孤。长疑即见桃花面，甚近来翻致无书。书纵远，如何梦也都无。

注释

①这是一首写情寄友之词，写水边漠漠春景，表达了作者的孤独寂寞之情。

八声甘州[1]

记玉关踏雪事清游[2]，寒气脆貂裘。傍枯林古道，长河饮马，此意悠悠。短梦依然江表[3]，老泪洒西州[4]。一字无题处，落叶都愁。　　载取白云归去，问谁留楚佩，弄影中洲？折芦花赠远，零落一身秋。向寻常野桥流水，待招来，不是旧沙鸥。空怀感，有斜阳处，却怕登楼。

注释

①这是一首对友咏怀之词。原序云：“辛卯岁，沈尧道

同余北归，各处杭越。逾岁，尧道来问寂寞，语笑数日，又复别去。赋此曲，并寄赵学舟。”全词歌调婉转，情深义重，用典浑然无迹，消黯中有清旷之致，佳作也。

②玉关：玉门关，泛指北方。

③江表：江南。

④老泪洒西州：晋羊昙为谢安器重，谢安扶病还都时曾从西州城门入。谢安死后，羊昙避而不经西州路。后醉而误至西州门，痛哭而返。

解连环[1]

孤雁

楚江空晚。恨离群万里，恍然惊散。自顾影、却下寒塘，正沙净草枯，水平天远。写不成书，只寄得、相思一点。料因循误了，残毡拥雪[2]，故人心眼。　　谁怜旅愁荏苒。漫长门夜悄，锦筝弹怨。想伴侣、犹宿芦花，也曾念春前，去程应转。暮雨相呼，怕蓦地、玉关重见。未羞他、双燕归来，画帘半卷。

注释

①这是一首咏物词，借咏孤雁抒发自己的飘零感。

②残毡拥雪：用苏武雁足系书事。

疏　影[1]

咏荷叶

碧圆自洁，向浅洲远浦，亭亭清绝。犹有遗簪[2]，不展秋心，能卷几多炎热？鸳鸯密语同倾盖[3]，且莫、与浣纱人说。恐怨歌忽断花风，碎却翠云千叠。　　回首当年汉舞，怕飞去漫皱，留仙裙折[4]。恋恋青衫，犹染枯香，还叹鬓丝飘雪。盘心清露如铅水，又一夜西风吹折。喜净看、匹练飞光，倒泻半湖明月。

注释

①咏物词，采用比兴手法，从各角度描写荷叶的风姿，隐喻词人洁身自好之高节。

②遗簪：喻卷心荷叶。

③倾盖：古时友人途中相遇，驻车倾盖交谈。

④“回首”三句：《赵后外传》：“后歌归风送远之曲，帝以文犀箸击玉瓯。酒酣风起，后扬袖曰：‘仙乎仙乎，去故而就新。’帝令左右持其裙。久之，风止，裙为之皱。后曰：‘帝恩我，使我仙去不得。’他日宫姝或襞裙为皱，号‘留仙裙’。”

月下笛[1]

万里孤云，清游渐远，故人何处？寒窗梦里，犹记经行旧时路。连昌约略无多柳[2]，第一是，难听夜雨。漫惊回凄悄，相看烛影，拥衾无语。　　　张绪[3]，归何暮？半零落依依，断桥鸥鹭。天涯倦旅，此时心事良苦。只愁重洒西州泪，问杜曲人家在否[4]？恐翠袖、正天寒，犹倚梅花那树。

注释

①月下笛：词牌名，始见周邦彦《片玉词》。有多种调式。这是作者独游感怀之作。序云："孤游万竹山中，闲门落叶，愁思黯然，因动黍离之感。时寓甬东积翠山舍。"词中渲泻个人孤苦，亡国之思。

②连昌：唐高宗所置别官名，在河南宜阳县，多植柳。这里借指宋时宫阙。

③张绪：南齐时才士，词人自比。

④杜曲：地名，在长安县南。借指南宋故都。

王沂孙 （1240？—1310？），字圣与，号碧山、中仙玉笥山人，会稽（今浙江绍兴）人。宋亡后，曾与周密、张炎、仇远等人结词社，借咏物抒写亡国之痛，辞情哀苦，表现了一个怀念故国的文人深长的忧思和无力的悲叹。有《花外集》。

天　香[①]

龙涎香

孤峤蟠烟，层涛蜕月，骊宫夜采铅水[②]。汛远槎风，梦深薇露[③]，化作断魂心字[④]。红瓷候火[⑤]，还乍识、冰环玉指。一缕萦帘翠影，依稀海天云气。　　几回殢娇半醉，剪春灯、夜寒花碎。更好故溪飞雪、小窗深闭。荀令如今顿老[⑥]，总忘却、尊前旧风味。漫惜余薰，空篝素被[⑦]。

注释

①这是一首咏物词。王沂孙曾与周密、张炎、仇远等南宋遗民结社填词，借咏物以寄亡国之痛，集为《乐府补题》。这首咏龙诞香词被录为开卷第一首，以下五首亦在其中。

②骊宫：龙宫。铅水：指龙涎。

③薇露：蔷薇露。《后香谱》："周显德五年，昆明国献蔷薇露，云得自西域，以洒衣，衣蔽香不灭。"

④心字：炉香名。宋杨万里有诗云："送似龙涎心字香，为君兴云绕明窗。"

⑤红瓷：红色的香炉。

⑥荀令：三国时荀彧，曾为尚书令。习凿齿《襄阳记》："荀令君至人家，坐幕三日，香气不歇。"

⑦篝gōu：薰笼。

眉妩[①]

新月

渐新痕悬柳，淡彩穿花，依约破初暝。便有团圆意，深深拜[②]，相逢谁在香径？画眉未稳。料素娥、犹带离恨。最堪爱、一曲银钩小，宝帘挂秋冷。　　千古盈亏休问，叹慢磨玉斧[③]，难补金镜。太液池犹在，凄凉处、何人重赋清景？故山夜永。试待他、窥户端正。看云外山河，还老尽、桂花影。

注释

①眉妩：词牌名，又名"百宣娇"。姜夔创调。双调，103字，仄韵。此牌多咏艳情。

本词咏月，上片写月之媚，下片借月抒怀，抒发对故国山河的怀念和慨叹。

②拜：拜月，古代风俗。

③玉斧：传说吴刚在月中伐桂树。

齐天乐[①]

蝉

一襟余恨宫魂断[②]，年年翠阴庭树。乍咽凉柯，还移暗叶，重把离愁深诉。西窗过雨。怪瑶佩流空，玉筝调柱。镜暗妆残，为谁娇鬓尚如许？　　铜仙铅泪似洗，叹携盘去远，难贮零露[③]。病翼惊秋，枯形阅世，消得斜阳几度。余音更苦。甚独抱清高，顿成凄楚？漫想熏风[④]，柳丝千万缕。

注释

①本词借咏蝉寄托国破家亡的无限哀思。

②宫魂：传说齐后怨齐王而死，尸体化为蝉。

③露：古人认为蝉居高饮露。

④熏风：和风。

长亭怨慢[①]

重过中庵故园

泛孤艇、东皋过遍。尚记当日，绿阴门掩。屐齿莓苔，酒痕罗袖事何限？欲寻前迹，空惆怅、成秋苑[②]。自约赏花人，别后总、风流云散。　　水远。怎知流水外，却是乱山尤远。天涯梦短，想忘了、绮疏雕槛。望不尽、冉冉斜阳，抚乔木、年华将晚。但数点红英，犹识西园凄婉。

注释

①所写为故园情思，隐含故国情思。

②成秋苑：语出李贺《河南府试十二月乐词》：“梨花落尽成秋苑。”

高阳台[①]

和周草窗寄越中诸友韵

残雪庭阴，轻寒帘影，霏霏玉管春葭。小帖金泥，不知春是谁家？相思一夜窗前梦，奈个人、水隔天遮。但凄然，满树幽香，满地横斜。　江南自是离愁苦，况游骢古道，归雁平沙。怎得银笺，殷勤与说年华。如今处处生芳草，纵凭高、不见天涯。更消他，几度春风，几度飞花。

注释

①周草窗即周密，作《高阳台》寄越中诸友，抒发亡国、怀友之思。王沂孙作词相和，道自己的亡国之痛。用主人多有唱和之作。下词亦是。

法曲献仙音[①]

聚景亭梅次草窗韵

层绿峨峨，纤琼皎皎，倒压波痕清浅。过眼年华，动人幽意，相逢几番春换。记唤酒寻芳处，盈盈褪妆晚。　已消黯，况凄凉近来离思，应忘却明月，夜深归辇。荏苒一枝春，恨东风人似天远。纵有残花，洒征衣、铅泪都满[②]。但殷勤折取，自遣一襟幽怨。

注释

①法曲献仙音：词牌名。双调，92 字，仄韵。

周密曾作《法曲献仙音·吊雪香亭梅》，王以此词相和。周王二词均借咏梅寄托亡国之恨，怀友之思。

②铅泪都满：化用李贺诗“忆君清泪如铅水”。

彭元逊 生卒年不详。字巽吾，庐陵（今江西吉安）人。景定二年（1261）解试，与刘辰翁友善。宋亡后不仕，隐居林泉。

疏　影[①]

寻梅不见

江空不渡，恨蘼芜杜若，零落无数。远道荒寒，婉娩流年[②]，望望美人迟暮。风烟雨雪阴晴晚，更何须春风千树。尽孤城，落木萧萧，日夜江声流去[③]。　　日晏山深闻笛[④]，恐他年流落，与子同赋。事阔心违，交淡媒劳[⑤]，蔓草沾衣多露。汀洲窈窕余醒寐[⑥]，遗佩环、浮沉澧浦[⑦]。有白鸥、淡月微波，寄语逍遥容与。

注释

①这是一首咏物词。作者借梅花以自况。

②婉娩：即婉晚，迟暮。

③“落木”二句：出自杜甫《登高》：“无边落木萧萧下，不尽长江滚滚来。”

④晏：迟暮。笛：笛曲有《梅花落》。

⑤交淡媒劳：出自屈原《九歌·湘君》：“心不同兮媒劳，恩不甚兮轻绝。”

⑥汀洲窈窕：出自《诗经·关雎》：“关关雎鸠，在河之洲。窈窕淑女，君子好逑。”

⑦遗佩环、浮沉澧浦：出自《离骚》：“遗余佩兮澧浦。”

六　丑①

杨花

似东风老大，那复有当时风气。有情不收，江山身是寄，浩荡何世？但忆临官道，暂来不住，便出门千里。痴心指望回风坠，扇底相逢，钗头微缀。他家万条千缕，解遮亭障驿，不隔江水。　　瓜洲曾舣，等行人岁岁，日下长秋，城乌夜起。帐庐好在春睡，共飞归湖上，草青无地。愔愔雨、春心如腻，欲待化、丰乐楼前帐饮，青门都废。何人念、流落无几。点点抟作雪绵松润，为君裛泪②。

注释

①这是一首咏物词，借咏杨花寄托了自己的漂泊之情。

②裛yì：通“浥”。沾湿。

姚云文 生卒年不详。字圣瑞，高安（今属江西）人，咸淳四年（1268）进士，官高邮尉，兴县尉。入元，授承直郎，抚、建两路儒学提举。有《江村遗稿》。

紫萸香慢①

近重阳、偏多风雨，绝怜此日暄明。问秋香浓未，待携客、出西城。正自羁怀多感，怕荒台高处，更不胜情。向尊前又忆、漉酒插花人②，只座上已无老兵。　凄清，浅醉还醒，愁不肯、与诗平。记长楸走马，雕弓搾柳③，前事休评。紫萸一枝传赐，梦谁到、汉家陵。尽乌纱便随风去，要天知道，华发如此星星，歌罢涕零。

注释

①紫萸香慢：姚云文自度曲。

这是一首重阳感怀词。上片写重阳节把酒思亲，下片写酒后怀旧伤今，法度严谨，沉痛悲婉。

②漉lù：滤。

③搾shè柳：即射柳。

僧挥 即仲殊，俗姓张，北宋中叶人，生卒年不详。曾举进士，因游荡不羁，几被妻子毒死，遂弃家为僧，寓居苏州承天寺，又住杭州吴山宝月寺。与苏轼交游甚厚。词风秀丽超旷，有《宝月集》。

金明池[①]

天阔云高，溪横水远，晚日寒生轻晕。闲阶静、杨花渐少，朱门掩、莺声犹嫩。悔匆匆、过却清明，旋占得、余芳已成幽恨。却几日阴沉，连宵慵困，起来韶华都尽。　　怨入双眉闲斗损，乍品得情怀，看承全近。深深态、无非自许，厌厌意、终羞人问。争知道梦里蓬莱，待忘了余香，时传音信。纵留得莺花，东风不住，也则眼前愁闷。

注释

①金明池：词牌名。北宋东京有金明池，秦观作词赋金明池，因以为名。双调，102 字，仄韵。

这是一首伤春的婉约词，吟春愁闺怨，有晏欧词遗风。

李清照 （1084—1151？），号易安居士，山东济南人。她出生在一个文化氛围极浓的家庭之中，从小受到良好教育，才华出众。前期词多涉及自然景物、闺情及相思，形象生动，鲜明优美。南渡之后，丈夫病故，故土之思、身世之感皆汇于所作，风格变为低回婉转、凄苦深沉，但更具有社会意义。她不但词写得好，在词论史上也有重要地位。后人辑有《漱玉词》。

凤凰台上忆吹箫[1]

香冷金猊，被翻红浪，起来慵自梳头。任宝奁尘满，日上帘钩。生怕离怀别苦，多少事、欲说还休。新来瘦，非干病酒，不是悲秋。　休休！者回去也，千万遍《阳关》，也则难留。念武陵人远，烟锁秦楼。惟有楼前流水，应念我、终日凝眸。凝眸处，从今又添，一段新愁。

注释

①凤凰台上忆吹箫：词牌名。双调，95字，平韵。

这首词写离别后的相思情态，委婉含蓄，意味深长。

醉花阴[1]

薄雾浓云愁永昼，瑞脑消金兽[2]。佳节又重阳，玉枕纱厨[3]，半夜凉初透。　东篱把酒黄昏后[④]，有暗香盈袖。莫道不销魂，帘卷西风，人比黄花瘦[⑤]。

注释

①醉花阴：词牌名。双调，52 字，仄韵。

这首词是词人在重阳节思念丈夫时所作。《词苑丛谈》记载："李易安作重阳《醉花阴》词，函致赵明诚云云。明诚自愧勿如。乃忘寝食，三日夜得十五阕，杂易安作以示陆德夫。德夫玩之再三曰：'只有"莫道不销魂"三句绝佳。'正易安作也。"

②瑞脑：香料名。金兽：兽形金铜香炉。

③纱厨：即纱帐。

④东篱把酒：语出陶渊明《饮酒》："采菊东篱下，悠然见南山。"

⑤黄花：菊花。

声声慢[①]

寻寻觅觅，冷冷清清，凄凄惨惨戚戚。乍暖还寒时候，最难将息[②]。三杯两盏淡酒，怎敌他晚来风急？雁过也，正伤心，却是旧时相识。　满地黄花堆积，憔悴损、如今有谁堪摘？守着窗儿独自，怎生得黑？梧桐更兼细雨，到黄昏、点点滴滴。这次第，怎一个愁字了得？

注释

①声声慢：词牌名。双调，97字，仄韵。

这是一首婉约词奇作。起首连用七组叠词，将主人翁彷徨不宁的心境表现得惟妙惟肖。接下来从多方面反映愁情，兼有直白与含蓄之致。最后说“怎一个愁字了得”，余味无穷。

②将息：休养。

念奴娇[①]

萧条庭院，有斜风细雨，重门须闭。宠柳娇花寒食近，种种恼人天气。险韵诗成，扶头酒醒[②]，别是闲滋味。征鸿过尽，万千心事难寄。　楼上几日春寒，帘垂四面，玉阑干慵倚。被冷香消新梦觉，不许愁人不起。清露晨流，新桐初引[③]，多少游春意。日高烟敛，更看今日晴未？

注释

①这是一首闺情词。不同于一般闺怨诗词的是，它是由闺中人亲自写的，因此也是感怀词。

②扶头：酒名。有说指容易饮醉的酒。

③“清露”二句：语出《世说新语》：“（王）恭尝行散至京口射堂，于时清露晨流，新桐初引。”

永遇乐[①]

落日熔金，暮云合璧，人在何处？染柳烟浓，吹梅笛怨，春意知几许！元宵佳节，融和天气，次第岂无风雨。来相召，香车宝马，谢他酒朋诗侣。　　中州盛日[②]，闺门多暇，记得偏重三五[③]。铺翠冠儿，撚金雪柳，簇带争济楚[④]。如今憔悴，风鬟霜鬓，怕见夜间出去。不如向、帘儿底下，听人笑语。

注释

①这首词写词晚年的生活境况，看似平平淡淡，实则蕴含着深重的人世家国之悲感。

②中州：河南一带，指汴京。

③三五：十五，指元宵节。

④济楚：整洁。

唐宋词遗珍

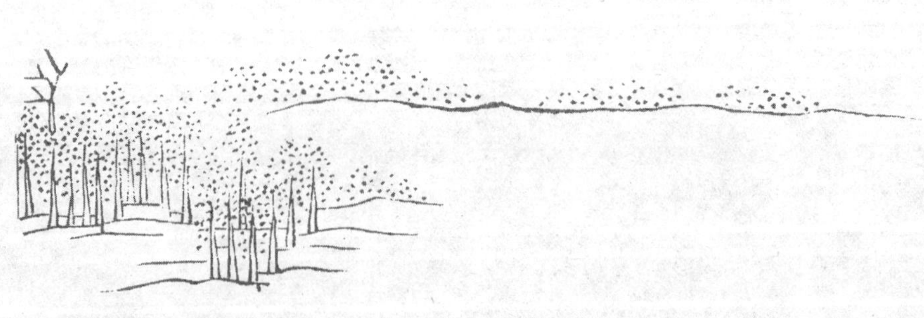

李白（701—762），字太白，号青莲居士，唐诗人。李白与杜甫齐名，世称“李杜”，有“诗仙”之称，屈原以来最伟大的浪漫主义诗人。自称祖籍陕西成纪（今甘肃静宁西南），隋末其先人流寓西域碎叶（今吉尔吉斯斯坦托克马克），五岁随父迁至绵州昌隆（今四川江油）青莲乡。存世诗文千余篇，代表作如《蜀道难》《将进酒》《静夜思》等诗篇，皆为世人传诵。有《李太白集》传世。

忆秦娥

箫声咽，秦娥梦断秦楼月。
秦楼月，年年柳色，灞桥伤别。
乐游原上清秋节，咸阳古道音尘绝。
音尘绝，西风残照，汉家陵阙。

按：词写怀念佳人和漂泊之情，音节绵邈，神味无穷。“箫声咽，秦娥梦断秦楼月”，笔法神奇！“西风残照，汉家陵阙”，何其悲壮！

清平乐

烟深水阔，音信无由达。
惟有碧天云外月，偏照悬悬离别。
尽日感事伤怀，愁眉似锁难开。
夜夜长留半被，待君魂梦归来。

按：此为闺怨词，曲尽其妙。

“夜夜长留半被，待君魂梦归来”，妙不可言。

韦应物（约737—791），字义博，京兆万年（今陕西西安）人，唐诗人。因出任过苏州刺史，世称“韦苏州”，又与柳宗元并称为“韦柳”。诗风恬淡高远，以善写田园风物著称。有《韦苏州集》。

调笑

胡马，胡马，远放燕支山下。
跑沙跑雪独嘶，东望西望路迷。
迷路，迷路，边草无穷日暮。

按：笔意回环，音调婉转，爽朗有致，可歌可笑，正是原始词风。

张志和 生卒年不详，字子同，初名龟龄，婺州金华（今属浙江）人，唐诗人。年十六游太学，举明经。后隐居江湖，自号烟波钓徒。善歌词，能书画、击鼓、吹笛。其词今存《渔父》五首，描写季节景物，鲜明生动，为早期文人词中著名之作。另有《玄真子》。

渔歌子

西塞山前白鹭飞，桃花流水鳜鱼肥。
青箬笠，绿蓑衣，斜风细雨不须归。

按： 据说此词是可考最早的文人词，似仿当地民歌而作，历代备受称道。

释德诚 生卒年不详，蜀东武信（今四川遂宁）人，唐著名高僧。

拨棹歌

一任孤舟正又斜，乾坤何路指津涯。
抛岁月，卧烟霞，在处江山便是家。

按： 畅情山水，风光无限，“不减玄真子”（张志和语）。

刘禹锡（772—842），字梦得，洛阳人，唐诗人、文学家、哲学家。他曾任太子宾客，世称刘宾客；与柳宗元交谊很深，人称“刘柳”；晚年与白居易唱和甚多，并称“刘白”。有《刘梦得文集》。

踏歌词

春江月出大堤平，堤上女郎连袂行。
唱尽新词欢不见，红霞映树鹧鸪鸣。

又

桃蹊柳陌好经过，灯下妆成月下歌。
为是襄王故宫地，至今犹自细腰多。

按：二词写江南风土人情，声韵悠扬，风味极佳。

竹枝词

杨柳青青江水平，闻郎江上唱歌声。
东边日出西边雨，道是无晴却有晴。

按：此词前两句写江景美如画，后两句妙在“晴”字与“情”字谐音。

柳枝词

清江一曲柳千条，二十年前旧板桥。
曾与美人桥上别，恨无消息到今朝。

按： 白居易《板桥路》云：
梁苑城西二十里，一渠春水柳千条。
若为此路今重过，十五年前旧板桥。
曾共玉颜桥上别，恨无消息到今朝。

白居易（772—846），字乐天，晚年号香山居士，其先太原（今山西太原市西南）人，后迁居下邽（今陕西渭南北）。其诗语言通俗，相传老妪也能听懂。早期善讽谕诗，此外其长篇如《长恨歌》《琵琶行》也很有名。和元稹友谊甚笃，世称“元白”；晚年与刘禹锡唱和，人称“刘白”。有《白氏长庆集》。

长相思

汴水流，泗水流，流到瓜洲古渡头，吴山点点愁。
思悠悠，恨悠悠，恨到归时方始休，月明人倚楼。

按： 此词绝妙，声情并茂，二尾句尽得风流。

忆江南

江南好，风景旧曾谙。
日出江花红胜火，春来江水绿如蓝。
能不忆江南？
江南忆，最忆是杭州。
山寺月中寻桂子，郡亭枕上看潮头。
何日更重游？

按：词写忆江南，好一曲《江南弄》！

皇甫松 生卒年不详，字子奇，睦州新安（今浙江建德县）人。其词今存二十余首，见于《花间集》《唐五代词》。

梦江南

兰烬落，屏上暗红蕉。
闲梦江南梅熟日，夜船吹笛雨潇潇。
人语驿边桥。

按：词写梦江南，展现出一幅极具朦胧美的梦景。

天仙子

晴野鹭鸶飞一只，水荭花发秋江碧。
刘郎此日别天仙，登绮席，泪珠滴，
十二晚峰高历历。
踯躅花开红照水，鹧鸪飞绕青山觜。
行人经岁始归来，千万里，错相倚，
懊恼天仙应有以。

按：上片写刘郎告别天仙的无限悲凉，下片写刘郎游仙这一年中家人的懊恼；写景极具神韵，宛如仙境，真乃词中绝唱！

温庭筠（？—866），**本名岐，字飞卿，太原（今山西太原市西南）人，唐诗人、词人。其诗与李商隐齐名，时称“温李”。其词多写闺情，风格秾艳，艺术成就在晚唐诸词人之上，为“花间派”首要词人，与韦庄齐名，并称“温韦”。存词七十余首。后人辑有《金荃词》。**

忆江南

千万恨，恨极在天涯。
山月不知心里事，水风空落眼前花。
摇曳碧云斜。

又

梳洗罢，独倚望江楼。
过尽千帆皆不是，斜晖脉脉水悠悠。
肠断白蘋洲。

按：第一首写游子无依之苦，第二首写女子望归之怨。

菩萨蛮

南园满地堆轻絮，愁闻一霎清明雨。
雨后却斜阳，杏花零落香。
无言匀睡脸，枕上屏山掩。
时节欲黄昏，无聊独倚门。

按：词写闺情，用幽静之景烘托出女子的无聊情态。

南歌子

转眄如波眼，娉婷似柳腰。
花里暗相招。忆君肠欲断，恨春宵。

又

懒拂鸳鸯枕，休缝翡翠裙。
罗帐罢炉熏。近来心更切，为思君。

按：词写女子春情，亦是艳词。

唐无名氏

菩萨蛮

牡丹含露真珠颗，美人折向庭前过。
含笑问檀郎，花强妾貌强？
檀郎故相恼，刚道花枝好。
一饷发娇嗔，碎挼花打人。

按： 一问一答，有声有色，生动地表现出女子的娇嗔，何其妙哉！

敦煌俗词

浣溪沙

浪打轻船雨打篷，遥看篷下有鱼翁。
莎笠不收舡不系，任西东。
即问鱼翁何所有，一壶清酒一竿风。
山月与鸥长作伴，五湖中。

按： 此为《渔歌子》变体，尽显山水风光和情致。

望江南

天上月，遥望似一团银。
夜久更阑风渐紧，为奴吹散月边云。
照见负心人。

按：这首词借月写闺情，有奇思妙想。

鹊踏枝

叵耐灵鹊多瞒语，送喜何曾有凭据。
几度飞来活捉取，锁上金笼休共语。
比拟好心来送喜，谁知锁我在金笼里。
欲他征夫早归来，腾身却放我向青云里。

按：上片写闺中人之怨，下片写喜鹊之怨，妙趣横生。

木兰花

独上小楼春欲暮，愁望玉关芳草路。
消息断，不逢人，却敛细眉归绣户。
坐看落花空叹息，罗袂湿斑红泪滴。
千山万水不曾行，魂梦欲教何处觅？

按：词写闺怨，得深婉之致。

思帝乡

春日游，杏花吹满头。
陌上谁家年少足风流，妾拟将身嫁与一生休。
纵被无情弃，不能羞。

按： 词写一女子向心上人表白，妙不可言。

女冠子

四月十七，正是去年今日别君时。
忍泪佯低面，含羞半敛眉。
不知魂已断，空有梦相随。
除却天边月，没人知。

按： 词写闺情，真切；末二句尤妙。

张泌 生平不详。《花间集》收其词二十三首，与南唐时另一张泌非同一人。

江城子

浣花溪上见卿卿，眼波明，黛眉轻。
绿云高绾，金簇小蜻蜓。
好是问他来得么，和笑道，莫多情。

按： 词写男子向女子求爱而被拒绝，极具风味。

浣溪沙

翡翠屏开绣幄红，谢娥无力晓妆慵。
锦帏鸳被宿香浓。
微雨小庭春寂寞，燕飞莺语隔帘栊。
杏花凝恨倚东风。

牛希济 生卒年不详，陇西（今甘肃陇西西南）人。前蜀后主王衍时官御史中丞；蜀亡入洛。

生查子

春山烟欲收，天澹稀星小。
残月脸边明，别泪临清晓。
语已多，情未了，回首犹重道：
记得绿罗裙，处处怜芳草。

按：词写黎明告别情郎，哀婉动人。

李存勖（885—926），即后唐庄宗，五代后唐的建立者，以勇猛闻名。虽为武人，但通晓音律，能度曲。存词四首，载《尊前集》。

忆仙姿

曾宴桃园深洞，一曲清歌舞凤。
长记欲别时，和泪出门相送。
如梦，如梦，残月落花烟重。

按：此词忆旧忆别，结尾极具韵致，是为《如梦令》。

李珣 生卒年不详，字德润，五代前蜀词人。著有《琼瑶集》，已佚，今《花间集》《尊前集》存其词五十多首，多写闺情离愁和南方风物。

浣溪沙

晚出闲庭看海棠，风流学得内家妆。
小钗横戴一枝芳。
镂玉梳斜云鬓腻，缕金衣透雪肌香。
暗思何事立残阳。

又

访旧伤离欲断魂，无因重见玉楼人。
六街微雨镂香尘。
早为不逢巫峡梦，那堪虚度锦江春。
遇花倾酒莫辞频。

按： 此为艳词。刻画入微精妙。

孙光宪 （901—968），字孟文，自号葆光子，贵平（今属四川）人，“性嗜经籍，聚书凡数千卷。或手自钞写，孜孜校雠，老而不废”。《花间集》存其词六十余。

浣溪沙

蓼岸风多橘柚香，江边一望楚天长。
片帆烟际闪孤光。
目送征鸿飞杳杳，思随流水去茫茫。
兰红波碧忆潇湘。

按： 词写江上情思，意境鲜明，呼之欲出。

清平乐

愁肠欲断，正是青春半。
连理分枝鸾失伴，又是一场离散。
掩镜无语眉低，思随芳草萋萋。
凭仗东风吹梦，与郎终日东西。

按：此为艳词，以闺妇口吻道出思夫之情。

冯延巳（903—960），又名延嗣，字正中，广陵（今江苏省扬州）人，五代南唐词人。所作词留存百余首，均为小令，多写男女间的离情别恨，语言清丽，善于以景见情。对北宋晏殊、欧阳修等颇有影响。有《阳春集》，但其中杂有他人之作。

谒金门

风乍起，吹皱一池春水。
闲引鸳鸯香径里，手挼红杏蕊。
斗鸭阑干独倚，碧玉搔头斜坠。
终日望君君不至，举头闻鹊喜。

按：词写闺情，刻画入微。

采桑子

洞房深夜笙歌散，帘幕重重。
斜月朦胧，雨过残花落地红。
昔年无限伤心事，依旧东风。
独倚梧桐，闲想闲思到晓钟。

按：词写人生聚散悲感，意境绝佳。

李煜 （937—978），字重光，初名从嘉，号钟隐，世称李后主，五代时南唐国主。宋军破南唐都城，李煜降宋，后被毒死。李煜艺术才华非凡，精书法、善绘画、通音律，诗和文均有一定造诣，尤以词的成就最高。其词形象鲜明，语言生动，在题材与意境上也突破了晚唐五代词以写艳情为主的窠臼。后人把他及其父璟（中主）的作品，合刻为《南唐二主词》。

蝶恋花

遥夜亭皋闲信步，乍过清明，早觉伤春暮。
数点雨声风约住，朦胧淡月云来去。
桃李依依春暗度，谁在秋千，笑里低低语。
一片芳心千万绪，人间没个安排处。

按：这是一首伤春词，写景入微。

乌夜啼

林花谢了春红，太匆匆。
无奈朝来寒雨晚来风。
胭脂泪，留人醉，几时重？
自是人生长恨水长东。

又

无言独上西楼，月如钩。
寂寞梧桐深院锁清秋。
剪不断，理还乱，是离愁。
别是一番滋味在心头。

按：二词均写自己真实的人生悲感，堪称绝唱。

虞美人

春花秋月何时了，往事知多少？
小楼昨夜又东风，故国不堪回首月明中。
雕栏玉砌应犹在，只是朱颜改。
问君能有几多愁，恰似一江春水向东流。

按：词写亡国之恨，意味深长，真乃绝唱！

宋无名氏

鹧鸪天

离别

镇日无心扫黛眉，临行愁见理征衣。
樽前只恐伤郎意，阁泪汪汪不敢垂。
停宝马，捧瑶卮，相斟相劝忍分离。
不如饮待奴先醉，图得不知郎去时。

按：词写女子送别的缠绵情态，风味别致活灵活现。

点绛唇

蹴罢秋千，起来慵整纤纤手。
露浓花瘦，薄汗轻衣透。
见客入来，袜刬金钗溜。
和羞走，倚门回首，却把青梅嗅。

按：词写一少女轻度时光，妙趣横生。一作李清照词。

王禹偁（954—1001），字元之，济州巨野（今山东省巨野）人，北宋文学家。为北宋诗文革新运动的先驱，反对宋初华靡文风，提倡平易朴素，文学韩愈、柳宗元，诗崇杜甫、白居易。所作诗文多反映社会现实，风格清新平易。词仅存一首，反映了作者积极用世的政治抱负，格调清新旷远。有《小畜集》《小畜外集》《五代史阙文》。

点绛唇

感兴

雨恨云愁，江南依旧称佳丽。
水村渔市，一缕孤烟细。
天际征鸿，遥认行如缀。
平生事，此时凝睇，谁会凭阑意。

按：此词清丽婉转，极具风味。

寇凖 （961—1023），字平仲，华州下邽（今陕西渭南北）人，北宋政治家、诗人。景德元年（1004）拜相，时值辽兵来攻，他力排众议，坚主抵抗，促使真宗往澶州督战，与辽订立澶渊之盟。寇凖善诗能文，有《寇莱公集》。

甘草子

春早，柳丝无力，低拂青门道。
暖日笼啼鸟，初坼桃花小。
遥望碧天净如扫，曳一缕轻烟缥缈。
堪惜流年谢芳草，任玉壶倾倒。

按：词写春日闲情，淳朴有味。

林逋 （967—1029），字君复，钱塘人，北宋诗人。性恬淡，隐居西湖孤山，种梅养鹤，终身不仕，亦不婚娶，故有“梅妻鹤子”之称，卒谥和靖先生。其诗风格淡远，内容多反映隐逸生活和闲适心情。“疏影横斜水清浅，暗香浮动月黄昏”句颇有名。有《林和靖诗集》。

相思令

吴山青，越山青，两岸青山相对迎，争忍有离情。
君泪盈，妾泪盈，罗带同心结未成，江边潮已平。

按： 此词明白如话，却情味十足，非后世苦心经营者能及。

沈邈 **生卒年不详，字子山，信州弋阳（今属江西）人。进士及第。庆历初为侍御史。历知澶州、河北、陕西都转运使，知延州卒。**

剔银灯

途次南京忆营妓张温卿

一夜隋河风劲，霜湿水天如镜。
古柳堤长，寒烟不起，波上月无流影。
那堪频听疏星外离鸿相应？
须信道情多是病，酒未到、愁肠还醒。
数叠兰衾，余香未减，甚时枕鸳重并？
教伊须更将盟誓后约言定。

按： 由清景入痴情，颇似柳永佳作。

滕宗谅 （990—1047），字子京，北宋时河南洛阳人，与范仲淹交好，因范仲淹的《岳阳楼记》而为世人所知。

临江仙

湖水连天天连水，秋来分外澄清。
君山自是小蓬瀛。
气蒸云梦泽，波撼岳阳城。
帝子有灵能鼓瑟，凄然依旧伤情。
微闻兰芷动芳馨。
曲终人不见，江上数峰青。

按：词咏洞庭景色，巧用唐人诗句，十分清美。

晏殊 见前文。

浣溪沙

青杏园林煮酒香，佳人初试薄罗裳。
柳丝无力燕飞忙。
乍雨乍晴花自落，闲愁闲闷日偏长。
为谁消瘦减容光。

按：词写闲情，作者亦富贵闲人。

采桑子

时光只解催人老，不信多情，
长恨离亭，泪滴春衫酒易醒。
梧桐昨夜西风急，淡月胧明，
好梦频惊，何处高楼雁一声。

按：词写闲愁闲情。

诉衷情

芙蓉金菊斗馨香，天气欲重阳。
远村秋色如画，红树间疏黄。
流水淡，碧天长，路茫茫。
凭高目断，鸿雁来时，无限思量。

又

数枝金菊对芙蓉，摇落意重重。
不知多少幽怨，和露泣西风。
人散后，月明中，夜寒浓。
谢娘愁卧，潘令闲眠，心事无穷。

按：词写雍容娴雅之情。

柳永 见前文。

少年游

世间尤物意中人，轻细好腰身。
香帏睡起，发妆酒酽，红脸杏花春。
娇多爱把齐纨扇，和笑掩朱唇。
心性温柔，品流详雅，不称在风尘。

按：词写一风尘女子的娇态，为典型的艳词。

木兰花令

有个人人真攀羡，问着洋洋回却面。
你若无意向他人，为甚梦中频相见？
不如闻早还却愿，免使牵人虚魂乱。
风流肠肚不坚牢，只恐被伊牵引断。

按：写词人相中一位佳人，急切想与之亲近。

忆帝京

薄衾小枕天气，乍觉别离滋味。
展转数寒更，起了还重睡。
毕竟不成眠，一夜长如岁。
也拟待却回征辔，又争奈已成行计。

万种思量，多方开解，只恁寂寞厌厌地。
系我一生心，负你千行泪。

按： 词写旅夜思念佳人，辗转不眠，牵肠挂肚。

迎春乐

近来憔悴人惊怪，为别后相思煞。
我前生负你愁烦债，便苦恁难开解。
良夜永、牵情无计奈，锦被里余香犹在。
怎得依前灯下，恣意怜娇态？

按： 此词直写相思难熬之情，殷切企望佳人陪伴过长夜。

鹤冲天

黄金榜上，偶失龙头望。
明代暂遗贤，如何向？
未遂风云便，争不恣狂荡？
何须论得丧？
才子词人，自是白衣卿相。
烟花巷陌，依约丹青屏障。
幸有意中人，堪寻访。
且恁偎红翠，风流事、平生畅。
青春都一饷，忍把浮名，换了浅斟低唱？

按： 此词写科举落榜，自己分明是才子，却不为圣朝所用，于是纵情风流，烟花巷陌度一生。

范仲淹 **见前文。**

渔家傲

塞下秋来风景异，衡阳雁去无留意。
四面边声连角起。
千嶂里，长烟落日孤城闭。
浊酒一杯家万里，燕然未勒归无计。
羌管悠悠霜满地。
人不寐，将军白发征夫泪。

按： 此为边塞词，写得雄浑悲壮。

燕然未勒：尚未到燕然山刻石勒功，事见《汉书·窦宪传》。

尹洙 （1001—1047），字师鲁，河南（今河南洛阳市）人，北宋文学家。官至起居舍人直龙图阁。其文多论西北军政，风格简古，辞约而理精，颇得时誉。有《河南先生文集》。

水调歌头

和苏子美

万顷太湖上，朝暮浸寒光。
吴王去后，台榭千古锁悲凉。
谁信蓬山仙子，天与经纶才器，等闲厌名缰。
敛翼下霄汉，雅意在沧浪。
晚秋里，烟寂静，雨微凉。
危亭好景，佳树修竹绕回塘。
不用移舟酌酒，自有青山渌水，掩映似潇湘。
莫问平生意，别有好思量。

按：此词寄情山水，笔意旷达，开苏轼以诗为词之风。

张先 见前文。

庆佳节

莫风流，莫风流，风流后有闲愁。
花满南园月满楼，偏使我忆欢游。

我忆欢游无计奈，除却且醉金瓯。
醉了醒来春复秋，我心事几时休？

按：此词自写风流韵致。

行香子

舞雪歌云，闲淡妆匀。
蓝溪水、深染轻裙。
酒香醺脸，粉色生春。
更巧谈话，美情性，好精神。
江空无畔，凌波何处，月桥边、青柳朱门。
断钟残角，又送黄昏。
奈心中事，眼中泪，意中人。

按：词先极力描写一位歌女的美姿，后追溯她的居所和内心生活，颇具灵动之美。

欧阳修　见前文。

蝶恋花

百种相思千种恨，早是伤春，那更春醪困。
薄幸辜人终不愤，何时枕畔分明问？
懊恼风流心一寸，强醉偷眠，也即依前闷。

此意为君君不信，泪珠滴尽愁难尽。

按： 词写女子相思，深痛至极。

阮郎归

去年今日落花时，依前又见伊。
淡匀双脸浅匀眉，青衫透玉肌。
才会面，便相思，相思无尽期。
这回相见好相知，相知已是迟。

按： 词写暗恋一女子，因未表白而留憾。

生查子

去年元夜时，花市灯如昼。
月到柳梢头，人约黄昏后。
今年元夜时，月与灯依旧。
不见去年人，泪满春衫袖。

按：“月上柳梢头，人约黄昏后。”
这是何等清美的情人约会图！

朝中措

送刘仲原甫出守维扬

平山阑槛倚晴空，山色有无中。
手种堂前垂柳，别来几度春风。
文章太守，挥毫万字，一饮千钟。
行乐直须年少，尊前看取衰翁。

按：此为送别词，而尽作豪言壮语。

玉楼春

尊前拟把归期说，未语春容先惨咽。
人生自是有情痴，此恨不关风与月。
离歌且莫翻新阕，一曲能教肠寸结。
直须看尽洛城花，始共春风容易别。

按：词写离别前之悲，表现得深痛无比。

蝶恋花

永日环堤乘彩舫，烟草萧疏，恰似晴江上。
水浸碧天风皱浪，菱花荇蔓随双桨。
红粉佳人翻丽唱，惊起鸳鸯，两两飞相向。
且把金尊倾美酿，休思往事成惆怅。

按：词写夏日游湖，心情十分愉快。

渔家傲

一派潺湲流碧涨，新亭四面山相向。
翠竹岭头明月上，迷俯仰，月轮正在泉中漾。
更待高秋天气爽，菊花香里开新酿。
酒美宾嘉真胜赏，红粉唱，山深分外歌声响。

按： 词写秋日游山玩水，兴高采烈。

又

近日门前溪水涨，郎船几度偷相访。
船小难开红斗帐，无计向，合欢影里空惆怅。
愿妾身为红菡萏，年年生在秋江上。
重愿郎为花底浪，无隔障，随风逐雨长来往。

按： 词写一女子与郎船上约会，大有民间风味。

司马光（1019—1086），字君实，号迂叟。陕州夏县（今属山西）涑水乡人，世称涑水先生，北宋政治家、文学家、史学家。主持编纂了《资治通鉴》，为人温良谦恭、刚正不阿。有《司马文正公集》《稽古录》等。

西江月

宝髻松松挽就，铅华淡淡妆成。
青烟翠雾罩轻盈，飞絮游丝无定。
相见争如不见，有情何似无情。
笙歌散后酒初醒，深院月斜人静。

按：词写闺怨悲凄之绪。

王观（1035—1100），字通叟，如皋（今江苏如皋）人。嘉祐二年（1057）进士。曾著《扬州赋》《芍药谱》。有《冠柳集》，不传，今有辑本。

卜算子

送鲍浩然之浙东

水是眼波横，山是眉峰聚。
欲问行人去那边，眉眼盈盈处。
才始送春归，又送君归去。

若到江东赶上春，千万和春住。

按：词写惜别之悲，用语生动活泼。

王安石 **见前文。**

浪淘沙令

伊吕两衰翁，历遍穷通，一为钓叟一耕佣。
若使当时身不遇，老了英雄。
汤武偶相逢，风虎云龙，兴王只在笑谈中。
直至如今千载后，谁与争功？

按：词咏伊尹和吕尚对商、周的开国之功，大有风采。

晏几道 **见前文。**

点绛唇

花信来时，恨无人似花依旧。
又成春瘦，折断门前柳。
天与多情，不与长相守。
分飞后，泪痕和酒，占了双罗袖。

按：词写相思，不艳不媚，清真雅正。

临江仙

斗草阶前初见，穿针楼上曾逢。
罗裙香露玉钗风。
靓妆眉沁绿，羞脸粉生红。
流水便随春远，行云终与谁同。
酒醒长恨锦屏空。
相寻梦里路，飞雨落花中。

又

身外闲愁空满，眼中欢事常稀。
明年应赋送君诗。
细从今夜数，相会几多时。
浅酒欲邀谁劝，深情惟有君知。
东溪春近好同归。
柳垂江上影，梅谢雪中枝。

又

淡水三年欢意，危弦几夜离情。
晓霜红叶舞归程。
客情今古道，秋梦短长亭。
渌酒尊前清泪，阳关叠里离声。
少陵诗思旧才名。
云鸿相约处，烟雾九重城。

又

浅浅余寒春半，雪消蕙草初长。
烟迷柳岸旧池塘。
风吹梅蕊闹，雨细杏花香。
月堕枝头欢意，从前虚梦高唐，觉来何处放思量。
如今不是梦，真个到伊行。

按：四词言情委婉，清美如画。

诉衷情

凭觞静忆去年秋，桐落故溪头。
诗成自写红叶，和恨寄东流。
人脉脉，水悠悠，几多愁。
雁书不到，蝶梦无凭，漫倚高楼。

按：词言委婉，清美如画。

苏轼　见前文。

西江月

世事一场大梦，人生几度秋凉。
夜来风叶已鸣廊，看取眉头鬓上。

酒贱常愁客少，月明多被云妨。
中秋谁与共孤光，把盏凄然北望。

按：词写人生感慨，虽悲秋亦潇洒。

西江月

平山堂

三过平山堂下，半生弹指声中。
十年不见老仙翁，壁上龙蛇飞动。
欲吊文章太守，仍歌杨柳春风。
休言万事转头空，未转头时皆梦。

按：词写平山堂中悼欧阳修，不但无儿女悲情，反而欣赏着书法唱着欢歌，可见其胸襟之旷达！

江城子

江景

凤凰山下雨初晴，水风清，晚霞明。
一朵芙蓉，开过尚盈盈。
何处飞来双白鹭，如有意，慕娉婷。
忽闻江上弄哀筝，苦含情，遣谁听。
烟敛云收，依约是湘灵。
欲待曲终寻问取，人不见，数峰青。

按：词情入微飘渺之神来之笔。

江城子

密州出猎

老夫聊发少年狂，左牵黄，右擎苍。
锦帽貂裘，千骑卷平冈。
为报倾城随太守，亲射虎，看孙郎。
酒酣胸胆尚开张，鬓微霜，又何妨。
持节云中，何日遣冯唐？
会挽雕弓如满月，西北望，射天狼。

按： 上片写狩猎意气，下片写报国之志，意气风发。持节云中：汉文帝遣冯唐持节去云中赦免太守魏尚之罪。天狼：星名，指西北强敌。屈原《九歌·东君》：“举长矢兮射天狼。”

行香子

述怀

清夜无尘，月色如银。
酒斟时、须满十分。
浮名浮利，虚苦劳神。
叹隙中驹，石中火，梦中身。
虽抱文章，开口谁亲。
且陶陶、乐尽天真。
几时归去，作个闲人。
对一张琴，一壶酒，一溪云。

按： 词写出世情怀，其意味深长。

满庭芳

归去来兮，吾归何处，万里家在岷峨。
百年强半，来日苦无多。
坐见黄州再闰，儿童尽楚语吴歌。
山中友，鸡豚社酒，相劝老东坡。
云何当此去，人生底事来往如梭？
待闲看秋风洛水清波。
好在堂前细柳，应念我莫翦柔柯。
仍传语江南父老，时与晒渔蓑。

按：以诗为词，写晚年望归之情，望江南胜过蜀乡。

黄庭坚（1045—1105），字鲁直，号山谷道人、涪翁，洪州分宁（今江西修水）人，北宋诗人、词人、书法家。出于苏轼门下，为苏门四学士之一，诗与苏轼齐名，世称“苏黄”。在宋代影响极大，开创了江西诗派。词集有《山谷词》。

水调歌头

游览

瑶草一何碧，春入武陵溪。
溪上桃花无数，花上有黄鹂。
我欲穿花寻路，直入白云深处，浩气展虹霓。

只恐花深里，红露湿人衣。
坐玉石，攲玉枕，拂金徽。
谪仙何处，无人伴我白螺杯。
我为灵芝仙草，不为朱唇丹脸，长啸亦何为。
醉舞下山去，明月逐人归。

按： 词写春日游溪，潇洒放达，有苏轼风度。

晁端礼 **见前文。**

河满子

草草时间欢笑，厌厌别后情怀。
留下一场烦恼去，今回不比前回。
幸自一成休也，阿谁教你重来？
眠梦何曾安稳，身心没处安排。
今世因缘如未断，终期他日重谐。
但愿人心长在，到头天眼须开。

按： 词写作者痴情，欲罢不能。

殢人娇

旋剔银灯，高褰斗帐，孜孜地看伊模样。
端相一饷，揉搓一饷，不会得、知他甚家娘养？

不见些儿，行思坐想。
分飞后、怎生向？
天天若许，长长偎傍。
顶戴着、一生也即不枉。

按：词写想念之佳人，其言词较露，不在柳永之下。

秦观 见前文。

鹊桥仙

纤云弄巧，飞星传恨，银汉迢迢暗度。
金风玉露一相逢，便胜却人间无数。
柔情似水，佳期如梦，忍顾鹊桥归路。
两情若是久长时，又岂在朝朝暮暮。

按：词咏七夕，为写情名作。

江城子

西城杨柳弄春柔，动离忧，泪难收。
犹记多情曾为系归舟。
碧野朱桥当日事，人不见，水空流。
韶华不为少年留，恨悠悠，几时休。
飞絮落花时候一登楼。
便做春江都是泪，流不尽，许多愁。

又

南来飞燕北归鸿，偶相逢，惨愁容。
绿鬓朱颜，重见两衰翁。
别后悠悠君莫问，无限事，不言中。
小槽春酒滴珠红，莫匆匆，满金钟。
饮散落花流水各西东。
后会不知何处是，烟浪远，暮云重。

按：二词写春日离别之情，非常美妙。

画堂春

落红铺径水平池，弄晴小雨霏霏。
杏园憔悴杜鹃啼，无奈春归。
柳外画楼独上，凭阑手捻花枝。
放花无语对斜晖，此恨谁知？

按：词写晚春情思，“放花无语”一笔妙不可言。

踏莎行

雾失楼台，月迷津渡。
桃源望断无寻处。
可堪孤馆闭春寒，杜鹃声里斜阳暮。
驿寄梅花，鱼传尺素。

砌成此恨无重数。
郴江幸自绕郴山，为谁流下潇湘去。

按：词写春日愁思，意绪绵绵。

浣溪沙

漠漠轻寒上小楼，晓阴无赖似穷秋，
淡烟流水画屏幽。
自在飞花轻似梦，无边丝雨细如愁，
宝帘闲挂小银钩。

按：词写春日阁楼中所见之景，刻画细腻微妙。

贺铸 见前文。

忆秦娥

晓朦胧，前溪百鸟啼匆匆。
啼匆匆，凌波人去，拜月楼空。
去年今日东门东，鲜妆辉映桃花红。
桃花红，吹开吹落，一任东风。

又

三更月，中庭恰照梨花雪。
梨花雪，不胜凄断，杜鹃啼血。
王孙何许音尘绝，柔桑陌上吞声别。
吞声别，陇头流水，替人呜咽。

按： 二词写情精辟且耐人寻味。

西江月

携手看花深径，扶肩待月斜廊。
临分少伫已依依，此段不堪回想。
欲寄书如天远，难销夜似年长。
小窗风雨碎人肠，更在孤舟枕上。

按： 情意缠绵，黯然销魂。

六州歌头

少年侠气，交结五都雄。
肝胆洞，毛发耸；立谈中，死生同,一诺千金重。
推翘勇，矜豪纵；轻盖拥，联飞鞚；斗城东。
轰饮酒垆，春色浮寒瓮。
吸海垂虹。
闲呼鹰嗾犬，白羽摘雕弓。

狡穴俄空，乐匆匆。
似黄粱梦，辞丹凤，明月共；漾孤篷，官冗从。
怀倥偬，落尘笼，簿书丛。
鹖弁如云众，供粗用；忽奇功。
笳鼓动，渔阳弄；思悲翁。
不请长缨，系取天骄种。
剑吼西风。
恨登山临水，手寄七弦桐，目送归鸿。

按：此词写少年豪情，笔力千钧！

周邦彦 见前文。

少年游

楼月

檐牙缥缈小倡楼，凉月挂银钩。
聒席笙歌，透帘灯火，风景似扬州。
当时面色欺春雪，曾伴美人游。
今日重来，更无人问，独自倚阑愁。

按：周词精雕细琢，有欧、晏风雅。

赵佶 见前文。

眼儿媚

玉京曾忆昔繁华，万里帝王家。
琼林玉殿，朝喧弦管，暮列笙琶。
花城人去今萧索，春梦绕胡沙。
家山何处，忍听羌笛吹彻梅花？

按：此为徽宗被俘北上后所作，大有亡国之痛。

陈瓘（1057—1123），字莹中，号了斋，沙县人。宋元丰二年（1079）进士。陈瓘为人谦和，不争财物，闲居矜庄自持，不苟言谈。有《了斋集》，不传。

卜算子

身如一叶舟，万事潮头起。
水长船高一任伊，来往洪涛里。
潮落又潮生，今古长如此。
后夜开尊独酌时，月满人千里。

按：词意潮起潮落喻人世如春秋，词气俊爽。

释惠洪（1071—1128），字觉范，俗姓彭，筠州（今江西省高安）人。少年时尝为县小吏，后为海内名僧。有《石门文字禅》《冷斋夜话》。

西江月

大厦吞风吐月，小舟坐水眠空。
雾窗春晓翠如葱，睡起云涛正涌。
往事回头笑处，此生弹指声中。
玉笺佳句敏惊鸿，闻道衡阳价重。

按：词意旷达，颇具风度，可谓得东坡三昧矣！

赵子发 生卒年不详，字君举，燕王德昭五世孙，官保义郎。《全宋词》存词十七首。

南歌子

天末疑无路，波翻欲御风。
此身忽在玉壶中，醉倒不知南北与西东。
猎猎遥鸣草，飕飕静打篷。
与君回棹碧云浓，不是思归只为酒船空。

按：词写游湖情趣，闲适清远。

少年游

晓山日薄半春阴，烟暖柳拖金。
满眼新晴，歌声妆影，悠荡碧云心。
闲庭客散人归去，疏雨湿罗襟。
楼阁濛濛，断虹明处，十里暮云深。

按：词写春游情趣。

宋江　生卒年不详。约在徽宗宣和元年（1119）前，宋江以三十六人聚众起义，后来投降宋朝。在《水浒传》中列梁山一百单八将之首。

念奴娇

天南地北，问乾坤何处可容狂客？
借得山东烟水寨，来买凤城春色。
翠袖围香，鲛绡笼玉，一笑千金值。
神仙体态，薄幸如何销得。
回想芦叶滩头，蓼花汀畔，皓月空凝碧。
六六雁行连八九，只待金鸡消息。
义胆包天，忠肝盖地，四海无人识。
闲愁万种，醉乡一夜头白。

按：此词气魄之宏伟，不在黄巢菊花诗之下，可与岳飞《满江红》媲美。

岳飞 **见前文。**

满江红

登黄鹤楼有感

遥望中原，荒烟外许多城郭。
想当年花遮柳护，凤楼龙阁。
万岁山前珠翠绕，蓬壶殿里笙歌作。
到而今铁骑满效畿，风尘恶。
兵安在，膏锋锷。
民安在，填沟壑。
叹江山如故，千村寥落。
何日请缨提锐旅，一鞭直渡清河洛。
却归来再续汉阳游，骑黄鹤。

按：雄浑悲壮，真英雄之作也！

葛胜仲（1072—1144），字鲁卿，丹阳（今属江苏）人，宋代词人。绍圣四年（1097）进士，元符三年（1100），中宏词科。累迁国子司业，除国子祭酒，卒谥文康。有《丹阳集》。

江神子

初至休宁冬夜作

昏昏雪意惨云容，猎霜风，岁将穷。
流落天涯，憔悴一衰翁。
清夜小窗围兽火，倾酒绿，借颜红。
官梅疏艳小壶中，暗香浓，玉玲珑。
对景忽惊身在大江东。
上国故人谁念我，晴嶂远，暮云重。

按：此词排解羁旅之情，气度不凡。

叶梦得 见前文。

点绛唇

绍兴乙卯登绝顶小亭

缥缈危亭，笑谈独在千峰上。
与谁同赏，万里横烟浪。
老去情怀，犹作天涯想。

空惆怅，少年豪放，莫学衰翁样。

按： 此词登高咏怀，气魄浩然。

水调歌头

霜降碧天静，秋事促西风。
寒声隐地，初听中夜入梧桐。
起瞰高城回望，寥落关河千里，一醉与君同。
叠鼓闹清晓，飞骑引雕弓。
岁将晚，客争笑，问衰翁。
平生豪气安在，沉领为谁雄。
何似当筵虎士，挥手弦声响处，双雁落遥空。
老矣真堪愧，回首望云中。

又

送八舅朝请

江海渺千里，飘荡叹流年。
等闲匹马相过，乘兴却翛然。
十载悲欢如梦，抚掌惊呼相语，往事尽飞烟。
此会真难偶，此醉且留连。
酒方半，谁轻使，动离弦。
我歌未阕公去，明日复山川。
空有高城危槛，缥缈当筵清唱，余响落尊前。

细雨黄花后，飞雁点遥天。

按：二词咏怀，气势豪迈。

李光（1078—1159），**字泰发，上虞（今浙江上虞东南）人。徽宗崇宁五年**（1106）**进士，高宗时官至参知政事，谥庄简。有《庄简集》。**

水调歌头

兵气暗吴楚，江汉久凄凉。
当年俊杰安在，酌酒酹严光。
南顾豺狼吞噬，北望中原板荡，矫首讯穹苍。
归去谢宾友，客路饱风霜。
闭柴扉，窥千载，考三皇。
兰亭胜处，依旧流水绕修篁。
傍有湖光千顷，时泛扁舟一叶，啸傲水云乡。
寄语骑鲸客，何事返南荒。

按：词写亡国之恨及无奈归隐之绪。

朱敦儒（1081—1159），字希真，号岩壑老人，洛阳人。其词语言清畅俚俗，多写隐居生活的闲适放浪；南渡后也有感怀愤激之作。今存词集《樵歌》。

相见欢

金陵城上西楼，倚清秋。
万里夕阳垂地大江流。
中原乱，簪缨散，几时收。
试倩悲风吹泪过扬州。

按：词为登金陵城楼有感之作，慷慨悲壮。

浪淘沙

圆月又中秋，南海西头。
蛮云瘴雨晚难收。
北客相逢弹泪坐，合恨分愁。
无酒可销忧，但说皇州。
天家宫阙酒家楼。
今夜只应清汴水，呜咽东流。

按：词写南地过中秋，抒发亡国之痛。

鹧鸪天

西都作

我是清都山水郎。天教分付与疏狂。
曾批给雨支风券，累上留云借月章。
诗万首，酒千觞。几曾着眼看侯王。
玉楼金阙慵归去，且插梅花醉洛阳。

按：此为作者早年即兴之作，与咏怀诗无异。

水调歌头

当年五陵下，结客占春游。
红缨翠带，谈笑跋马水西头。
落日经过桃叶，不管插花归去，小袖挽人留。
换酒春壶碧，脱帽醉青楼。
楚云惊，陇水散，两漂流。
如今憔悴，天涯何处可销忧。
长揖飞鸿旧月，不知今夕烟水，都照几人愁。
有泪看芳草，无路认西州。

按：上片怀旧，写得潇洒；下片伤今，写得沉痛。

李纲（1083—1140），字伯纪，邵武（今属福建）人，南宋初大臣。靖康元年（1126）金兵南下，他疏请徽宗禅位太子以号召天下；钦宗即位，他反对迁都，积极备战；高宗即位后拜相，主张用两河义军收复失地。著有《梁溪集》《靖康传信录》等。

江城子

九日与诸季登高

客中重九共登高，逼烟霄，见秋毫。
云涌群山，山外海翻涛。
回首中原何处是，天似幕，碧周遭。
茱萸蕊绽菊方苞，左倾醪，右持螯。
莫把闲愁，空使寸心劳。
会取八荒皆我室，随节物，且游遨。

又

池阳泛舟作

春来江上打头风，吼层空，卷飞蓬。
多少云涛，雪浪暮江中。
早是客情多感慨，烟漠漠，雨濛濛。
梁溪只在太湖东，长儿童，学庞翁。
谁信家书，三月不曾通。
见说浙河金鼓震，何日到，羡归鸿。

按：即事言怀，眼界与胸襟俱颇开阔。

向子諲（1085—1152），字伯恭，号芗林居士，临江（今江西清江县）人。因反对秦桧议和，落职居临江，其诗以南渡为界，前期风格绮丽，南渡后多伤时忧国之作。有《酒边词》。

阮郎归

绍兴乙卯大雪行鄱阳道中

江南江北雪漫漫，遥知易水寒。
同云深处望三关，断肠山又山。
天可老，海能翻，消除此恨难。
频闻遣使问平安，几时鸾辂还。

按： 借写旅途艰辛来抒发亡国之恨。

长相思

绍兴戊辰闰中秋

年重月，月重光，万瓦千林白似霜，扁舟入醉乡。
山苍苍，水茫茫，严濑当时不是狂，高风引兴长。

按： 词写中秋景致及兴致，堪称佳作。

蔡伸 **见前文。**

谒金门

溪声咽，溪上有人离别。
别语叮咛和泪说，罗巾沾泪血。
尽做刚肠如铁，到此也应愁绝。
回首断山帆影灭，画船空载月。

按：词倾诉离别衷情，字字警心，句句传神。

朝中措

雨余清镜湛秋容，屏展九华峰。
万里闲云散尽，半规凉月当空。
楼高夜永，凭阑笑语，此际谁同。
端有妙人携手，翛然归路凌风。

按：词写雨后情景及愉快心情，韵致宛然。

惜奴娇

隔阔多时，算彼此难存济。
咫尺地千山万水。
眼眼相看，要说话都无计。
只是唱曲儿词中认意。
雪意垂垂，更刮地寒风起。

怎禁这几夜意。
未散痴心，便指望长偎倚。
只替那火桶儿与奴暖被。

按： 词写一痴情歌女对情人的想念，颇有民歌风味。

蓦山溪

疏梅雪里，已报东君信。
冷艳与清香，似一个人人标韵。
晚来特地，酌酒慰幽芳，携素手，
摘纤枝，插向乌云鬓。
老来世事，百种皆消尽。
荣利等浮云，漫汲汲徒劳方寸。
花前眼底，幸有赏心人，歌金缕，
醉瑶卮，此外君休问。

按： 此词通过写雪中赏梅，表现出晚年出世，自得其乐的淡泊宁静心态。

王灼 **生卒年不详，字晦叔，号颐堂，遂宁人。绍兴中曾为幕僚，后不仕。有《颐堂词》。**

南歌子

早春感怀

命啸无人啸，含娇何处娇。
江南烟水太迢迢，璧月琼枝空想夜和朝。
目断肠随断，魂销骨更销。
琐窗风雨不相饶，犹似西湖一枕听寒潮。

按：词写早春感怀，造句颇妙。

张抡 **见前文。**

阮郎归

咏夏

谁言无处避炎光，山中有草堂。
安然一枕即仙乡，竹风穿户凉。
名不恋，利都忘，心闲日自长。
不须辛苦觅琼浆，华池神水香。

按：原词十首，此为其八。

诉衷情

咏闲

闲中一盏瓮头春，养气又颐神。
莫教大段沉醉，只好带微醺。
心自适，体还淳，乐吾真。
此怀何似，兀兀陶陶，太古天民。

又

闲中一弄七弦琴，此曲少知音。
多因淡然无味，不比郑声淫。
松院静，竹林深，夜沉沉。
清风拂轸，明月当轩，谁会幽心。

按：原词共十首，此选二。

踏莎行

山居二首

朝锁烟霏，暮凝空翠，千峰迥立层霄外。
阴晴变化百千般，丹青难写天然态。

又

人住山中，年华频改，山花落尽山长在。
浮生一梦几多时，有谁得似青山耐。

按：原词十首，此选二。

向滈 生卒年不详，字丰之，号乐斋。曾官县令，有《乐斋词》。

如梦令

谁伴明窗独坐，和我影儿两个。
灯烬欲眠时，影也把人抛躲。
无那，无那，好个恓惶的我。

又

野店几杯空酒，醉里两眉长皱。
已自不成眠，那更酒醒时候。
知否，知否，直是为他消瘦。

按：此词写相思之苦，用语简洁，而见深意。

青玉案

多情赋得相思分，便揽断愁和闷。
万种千般说不尽。
吃他圈樻，被他拖逗，便佛也须教恨。
传消寄息无凭信，水远山遥怎生奔。
梦也而今难得近。
伊还知道，为伊成病，便死也谁能问。

按：词写作者迷上一位女子而陷入单相思，为之牵肠挂肚，魂牵梦萦，苦不堪言；写情手法绝妙。

曹冠 **生卒年不详，字宗臣，号双溪居士，东阳（今属浙江）人。秦桧门下“十客”之一，仕途因秦桧而起落。有《燕喜词》。**

惜芳菲

述怀

寓意登临诗与酒，豪气直冲牛斗。
挥翰风雷吼，我生嗟在东坡后。
流水高山琴静奏，莫笑知音未偶。
天意君知否，穷通在道吾何有。

按：此词直抒胸臆，豪气凛然。

宴桃源

游湖

西湖避暑棹扁舟，忘机狎白鸥。
荷香十里供瀛洲，山光翠欲流。
歌浩浩，思悠悠，诗成兴未休。
清风明月解相留，琴声万籁幽。

按：词写夏日游湖，愉情山水，悠然自得，好兴致。

水调歌头

游三洞

我本方壶客，飘逸离凡尘。
胸中万卷，谈笑挥翰墨通神。
不慕巢由隐迹，不羡皋夔功业，出处两无心。
坦荡灵台净，廛隐胜云林。
念生平，喜旷达，事幽寻。
登临舒啸，惟有风月是知音。
雅爱金华仙洞，一派苍崖飞瀑，四序景常新。
遐想赤松子，来为醒冲襟。

按：词写山林寻幽，畅情无限，可谓达人之天乐。

陆游 **见前文。**

点绛唇

采药归来，独寻茅店沽新酿。
暮烟千嶂，处处闻渔唱。
醉弄扁舟，不怕黏天浪。
江湖上，遮（这）回疏放，作个闲人样。

按：词写弄情山林，表现出归隐的喜悦。

渔家傲

寄仲高

东望山阴何处是，往来一万三千里。
写得家书空满纸。
流清泪，书回已是明年事。
寄语红桥桥下水，扁舟何日寻兄弟。
行遍天涯真老矣。
愁无寐，鬓丝几缕茶烟里。

按：词写人世蹉跎的感慨，错落有致，堪称佳作。

夜游宫

记梦寄师伯浑

雪晓清笳乱起，梦游处不知何地。
铁骑无声望似水。
想关河，雁门西，青海际。
睡觉寒灯里，漏声断、月斜窗纸。
自许封侯在万里。
有谁知，鬓虽残，心未死。

按：出师未成身先老，长使英雄泪满襟。

钗头凤

红酥手，黄滕酒，满城春色宫墙柳。
东风恶，欢情薄。
一怀愁绪，几年离索。
错！错！错！
春如旧，人空瘦，泪痕红浥鲛绡透。
桃花落，闲池阁。
山盟虽在，锦书难托。
莫！莫！莫！

按：词赠前妻唐婉，颇见爱之深，情之切。

唐婉 字蕙仙，生卒年不详。陆游的表妹，也是陆游的第一任妻子。

钗头凤

世情薄，人情恶，雨送黄昏花易落。
晓风干，泪痕残。
欲笺心事，独语斜阑。
难！难！难！
人成各，今非昨，病魂尝似秋千索。
角声寒，夜阑珊。
怕人寻问，咽泪装欢。
瞒！瞒！瞒！

按：词和前夫陆游，仍恨情长计短。

张孝祥 见前文。

浪淘沙

琪树间瑶林，春意深深。
梅花还被晓寒禁。
竹里一枝斜向我，欲诉芳心。
楼外卷重阴，玉界沉沉。
何人低唱醉泥金。

掠水飞来双翠碧，应寄归音。

按：词写雪天景象，笔下声色皆丽。

眼儿媚

晓来江上荻花秋，做弄个离愁。
半竿残日，两行珠泪，一叶扁舟。
须知此去应难遇，直待醉方休。
如今眼底，明朝心上，后日眉头。

按：此词写江上离愁，有回环之韵致。

程垓　见前文。

最高楼

旧时心事，说着两眉羞。
长记得凭肩游，缃裙罗袜桃花岸，薄衫轻扇杏花楼。
几番行，几番醉，几番留。
也谁料春风吹已断，又谁料朝云飞亦散。
天易老，恨难酬。
蜂儿不解知人苦，燕儿不解说人愁。
旧情怀，消不尽，几时休。

按：词忆欢游，添愁闷，笔意颇妙。

摊破江城子

娟娟霜月又侵门，对黄昏，怯黄昏。
愁把梅花，独自泛清尊。
酒又难禁花又恼，漏声远，一更更，总断魂。
断魂断魂不堪闻，被半温，香半温。
睡也睡也睡不稳，谁与温存？
只有床前红独伴啼痕。
一夜无眠连晓角，人瘦也，比梅花瘦几分。

按： 词写闺怨，音律回环，婉转动人。

入塞

好思量，正秋风半夜长。
奈银缸一点，耿耿背西窗。
衾又凉，枕又凉。
露华凄凄月半床，照得人真个断肠。
窗前谁浸木犀黄，花也香，梦也香。

按： 词写独夜秋思，风味别致。

辛弃疾 见前文。

丑奴儿

书博山道中壁

少年不识愁滋味，爱上层楼。
爱上层楼，为赋新词强说愁。
而今识尽愁滋味，欲说还休。
欲说还休，却道天凉好个秋。

按： 此词不饰词藻，浑然天成，可谓登楼绝唱。

一剪梅

记得同烧此夜香，人在回廊，月在回廊。
而今独自睚昏黄，行也思量，坐也思量。
锦字都来三两行，千断人肠，万断人肠。
雁儿何处是仙乡，来也恓惶，去也恓惶。

按： 词写离别后的相思之情，妙意圆环。

生查子

游雨岩

溪边照影行，天在清溪底。
天上有行云，人在行云里。

高歌谁和余，空谷清音起。
非鬼亦非仙，一曲桃花水。

按：词写游山兴致，妙不可言。

浪淘沙

山寺夜半闻钟

身世酒杯中，万事皆空。
古来三五个英雄。
雨打风吹何处是，汉殿秦宫。
梦入少年丛，歌舞匆匆。
老僧夜半误鸣钟。
惊志西窗眠不得，卷地西风。

按：词写人世沧桑感，空灵蕴藉，神来之笔。

鹧鸪天

登一丘一壑偶成

莫殢春光花下游，便须准备落花愁。
百年雨打风吹却，万事三平二满休。
将扰扰，付悠悠，此生于世百无忧。
新愁次第相抛舍，要伴春归天尽头。

按：三平二满：四平八稳，得过且过之意。

清平乐

茅檐低小，溪上青青草。
醉里蛮音相媚好，白发谁家翁媪。
大儿锄豆溪东，中儿正织鸡笼。
最喜小儿亡赖，溪头卧剥莲蓬。

按：词写田园生活，淳朴有味。

最高楼

送丁怀忠

相思苦，君与我同心。
鱼没雁沉沉。
是梦他松后追轩冕，是化为鹤后去山林。
对西风，直怅望，到如今。
待不饮、奈何君有恨。
待痛饮、奈何吾有病。
君起舞，试重斟。
苍梧云外湘妃泪，鼻亭山下鹧鸪吟。
早归来，流水外，有知音。

按：词写别离时的友情，有山水清音。

贺新郎

甚矣吾衰矣，怅平生交游零落，只今余几。
白发空垂三千丈，一笑人间万事。
问何物能令公喜。
我见青山多妩媚，料青山见我应如是。
情与貌，略相似。
一尊搔首东窗里，想渊明停云诗就，此时风味。
江左沉酣求名者，岂识浊醪妙理。
回首叫、云飞风起。
不恨古人吾不见，恨古人不见吾狂耳。
知我者，二三子。

按：词写老年情味，仍豪气纵横。

姜夔 见前文。

忆王孙

番阳彭氏小楼作

冷红叶叶下塘秋，长与行云共一舟。
零落江南不自由，两绸缪，料得吟鸾夜夜愁。

按：言未尽意，意在言外。

卢祖皋 **见前文。**

乌夜啼

柳色津头泫绿，桃花渡口啼红。
一春又负西湖醉，离恨雨声中。
客袂迢迢西塞，余寒翦翦东风。
谁家拂水飞来燕，惆怅小楼东。

按：词写春日离愁，意境溶溶。

白玉蟾（1194—1229），**原名葛长庚，为白氏继子。字如晦、白叟，号海琼子，琼州（今海南海口市琼山区）人，一说福建闽清人。谙九经，能诗赋，长于书画。南宋道士，世称紫清先生。著有《玉隆集》《上清集》等。**

水调歌头

一个奇男子，万象落心胸。
学书学剑，两般都没个成功。
要去披缁学佛，首下一拳轻快，打破太虚空。
末后生华发，再拜玉清翁。
二十年，空挫过，只飘蓬。
这回归去，武夷山下第三峰。

住我旧时庵子，碗水把柴升米，活火煮教浓。
笑指归时路，弱水海之东。

又

误触紫清帝，谪下汉山川。
既来尘世，奇奇怪怪被人嫌。
懒去蓬莱三岛，且看江南风月，一住数千年。
天风自霄汉，吹到剑峰前。
做些诗，吃些酒，放些颠。
木精石怪，时时唤作地行仙。
朝隐四山猿鹤，夜枕一天星斗，纸被里云眠。
梦为蝴蝶去，依约在三天。

又

昔在虚皇府，被谪下人间。
笑骑白鹤，醉吹铁笛落星湾。
十二玉楼无梦，三十六天夜静，花雨洒琅玕。
瑶台归未得，忍听洞中猿。
也休休，无情绪，炼金丹。
从来天上，神仙宫府更严难。
翻忆三千神女，齐唱霓裳一曲，月里舞青鸾。
此恨凭谁诉，云满武夷山。

按：此为求仙词，但恨“此去罡风三万里，但九霞渺渺青云远”。

吴潜（1196—1262），字毅夫，号履斋，宣州宁国（今安徽宁国西南）人，南宋词人。其词激昂凄劲，颇有感怀时事之作。原有集，已散佚，明代梅鼎祚辑有《履斋遗集》。另有词集《履斋诗余》。

水调歌头

焦山

铁瓮古形势，相对立金焦。
长江万里东注，晓吹卷惊涛。
天际孤云来去，水际孤帆上下，天共水相邀。
远岫忽明晦，好景画难描。
混隋陈，分宋魏，战孙曹。
回头千载陈迹，痴绝倚亭皋。
惟有汀边鸥鹭，不管人间兴废，一抹度青霄。
安得身飞去，举手谢尘嚣。

按：词写焦山怀古，颇为豪放。

陈人杰（约1218—1243），一名经国，号龟峰，长乐（今福建福州）人，南宋词人。他现存词作三十一首，全用《沁园春》调，多写忧时报国之情，笔力豪纵，言辞慷慨，与辛弃疾词风相近。有《龟峰词》。

沁园春

天问

我梦登天，尽把不平问之化工。
似桂花开日秋高露冷，梅花开日岁老霜浓。
如此清标，依然香性，长在凄凉索寞中。
何为者，只纷纷桃李占断春风?
一时列鼎分封，岂猿臂将军无寸功?
想世间成败不关工拙，男儿济否只系遭逢。
天曰果然，事皆偶尔，凿井得铜奴得翁。
君归去，但力行好事，休问穷通。

刘辰翁 见前文。

江城子

春兴

一年春事几何空，杏花红，海棠红。
看取枝头，无语怨天公。

幸自一晴晴太暖，三日雨，五更风。
山中长自忆城中，到城中，望水东。
说尽闲情，无日不匆匆。
昨日也同花下饮，终有恨，不曾浓。

按： 词写春日游宴兴致，可始终有亡国之恨萦绕心头，不能畅快。

浣溪沙

感别

点点疏林欲雪天，竹篱斜闭自清妍。
为伊憔悴得人怜。
欲与那人携素手，粉香和泪落君前。
相逢恨恨总无言。

按： 词写与佳人离别之恨。

水调歌头

寂寂复寂寂，此月古时明。
银河也变成陆，灰劫断槎横。
历落英雄孺子，灭没龙光牛斗，胜败黯然平。
玉笛叫空阔，终有故人情。
雁南飞，乌绕树，鹤归城。
问君有酒，何不鼓瑟更吹笙。

我饮呜呜起舞，我舞僛僛白发，顾影可怜生。
旧日中秋客，几处几回晴。

按：词写中秋与友人把酒对月，不禁叹慨人世沧桑。

黎延瑞 **生年不详，字祥仲，鄱阳人。咸淳七年**（1271）**进士，官肇庆府司法参军。入元隐居不仕。卒于大德二年**（1298）**。有《芳洲集》三卷。**

水调歌头

腰缠十万贯，骑鹤上扬州。
诗翁那得有此，天地一扁舟。
二十四番风信，二十四桥风景，正好及春游。
挂席欲东下，烟雨暗层楼。
紫绮冠，绿玉杖，黑貂裘。
沧波万里，浩荡踪迹寄浮鸥。
想杀南台御史，笑杀南州孺子，何事此淹留。
远思渺无极，日夜大江流。

按：词写春游的豪迈兴致，气度非凡。

大江东去

题项羽庙

鲍鱼腥断，楚将军鞭虎驱龙而起。
空费咸阳三月火，铸就金刀神器。
垓下兵稀，阴陵道隘，月黑云如垒。
楚歌哄发，山川都姓刘矣！
悲泣呼醒虞姬，和伊死别，雪刃飞花髓。
霸业休休骓不逝，英气乌江流水。
古庙颓垣，斜阳老树，遗恨鸦声里。
兴亡休问，高陵秋草空翠。

按： 此乃霸王词，力拔山兮气盖世！
起句“鲍鱼腥断”，讽刺秦始皇死后用鲍鱼掩盖尸臭，咏得神奇。

八声甘州

金陵怀古

恨巨灵多事凿长江，消沉几英雄。
恨乌江亭长，天机轻泄，说与重瞳。
更恨南阳耕叟，撺掇紫髯翁。
一弹金陵土，战虎争龙。
杯酒凤凰台上，对石城流水，钟阜诸峰。
问六朝陵阙，何处是遗踪？
《后庭花》更无留响，渺春潮残照笛声中。

悲欢梦，芜城杨柳，几度春风。

按： 词写怀古之恨。

仇远（1247—1326），字仁近，一字仁父，号近村，又号山村民，钱塘（今浙江杭州）人，元文学家。宋末以诗与白珽齐名，号曰“仇白”。有词集《五弦琴谱》，多写景咏物之作，风格近周邦彦、姜夔。

忆旧游

对庭芜黯淡，院柳萧疏，还又深秋。
正一星灯暗，更一声雁过，一点萤流。
合成一片离思，都在小红楼。
想扑地阴云，人愁不尽，替与天愁。
酸风未应雨，簌簌潇潇，欲下还收。
忆绣帏贪睡，任花梢晨影，移上帘钩。
被池半卷红浪，衣冷覆熏篝。
怎忘得江南，风流庾信空白头。

按： 此词悲秋，精细至极，婉约至极。

蒋捷 见前文。

一剪梅

舟过吴江

一片春愁待酒浇，江上舟摇，楼上帘招。
秋娘渡与泰娘娇，风又飘飘，雨又萧萧。
何日归家洗客袍，银字笙调，心字香烧。
流光容易把人抛，红了樱桃，绿了芭蕉。

按：此词通篇圆美，好一句“红了樱桃，绿了芭蕉”。

梅花引

荆溪阻雪

白鸥问我泊孤舟，是身留，是心留？
心若留时何事锁眉头？
风拍小帘灯晕舞，对闲影，冷清清忆旧游。
旧游旧游今在不？
花外楼，柳下舟。
梦也梦也，梦不到寒水空流。
漠漠黄云湿透木绵裘。
都道无人愁似我，今夜雪，有梅花似我愁。

按：词写冬日溪行受雪阻，虽有愁亦明快清疏。